기승전, 테니스

기승전, 테니스

좋아하는 마음에 실패란 없다

글·그림 원리훈

샘터

프롤로그

테니스에 빠져 직업까지 바꾼 나에게 주변 사람들이 자주 하는 질문이 있다. 테니스가 얼마나 좋길래 그럴 수 있냐고. 순수하게 재미만 따지면 세 손가락 안에 드는 운동인데, 재밌을 때까지 버텨야 하는 인고의 시간이 필요한지라 이런 질문을 받으면 사실 대답하기가 어렵다.

1년 이상 레슨을 받더라도 실력을 보장할 수 없고, 테니스 게임을 하기 위해서는 코트도 찾아야 하고 함께 칠 사람도 구해야 한다. 그래서 막상 시작하고도 중간에 그만두거나 도움을 받기가 어려워 포기하는 사람이 많다. 만약 테니스를 시작하고 싶다면, 주변에 테니스 치는 사람이 있는지 찾아보고 그에게 도움을 요청하는 것이 가장 좋은 방법이다. 그리고 자신이 이미 테니스를 치고 있고, 누군가 테니스를 시작하며 구원의 손길을 내민다면 그가 적극적으로 코트에 나올 수 있도록 이끌어 줘야 한다. 테니스를 시작할 때 이런 도움을 주는 사람이 한 명만 있어도 천군만마를 얻은 듯한 기분을 느낄 수 있을 것이다. 나는 이것이 더 많은 사람이 테니스의 세계로 유입되어 테니스 치는 즐거움을 경험해 볼 수 있는 키포인트라 생각한다.

테니스를 좋아하며 내 삶은 많은 부분이 바뀌었다. 단순히 '테니스에 빠져 있다'를 넘어 이제는 테니스를 빼고는 일도, 나도 말할 수 없게 되었으니 말이다. 좋아하는 게 일이 되면 좋아하는 마음이 줄어든다는데, 아직 권태가 찾아오진 않았다. 일하면서도 빈 코트를 찾고, 주요 테니스 대회가 열리는 시즌에는 종일 테니스 경기를 틀어놓는다. 경기를 볼 수 없는 상황이면 라이브 스코어라도 꼭 확인해야만 한다. 여행지를 선택할 때도 테니스 대회가 열리는 국가를 먼저 찾게 된다. 아무리 먼 곳이라도 테니스를 향한 내 열정을 막진 못한다. 심지어 겨울에도 주 3회 이상 테니스를 치기 위해 갖은 노력을 다한다.

테니스는 분명 쉬운 운동은 아니다. 그래도 코트에 들어서면 내 한 몸 바쳐서라도 공을 살리고 싶은 마음으로 라켓을 휘두른다. 진심으로 최선을 다한다. 오히려 누구나 배우기 쉬운 운동이었다면 시작하지 않았을지도 모른다. 나는 테니스를 치며 '한 만큼 돌아온다'라는, 누구나 알지만 깨닫기는 어려운 인생의 교훈을 얻었다.

테니스의 장점은 열거하기 어려울 정도로 너무나 많지만, 뭐든 스스로 해 보는 게 정답이다. 많은 사람이 직접 테니스를 치며 그 매력을 알아 가면 좋겠다.

차례

1장

서브

테니스를 시작할 때

3장
스플릿 스텝과 발리
테니스를 좋아하는 마음으로

4장

스매시

기승전, 테니스

부록

테니스 레전드 선수들

테니스 필수 준비물

테니스 라켓

보통 라켓은 새 제품 가격이 약 20~30만 원인데, 테니스장에서 대여해 주기 때문에 처음부터 구매할 필요는 없다. 어느 정도 테니스를 쳐 보고 꾸준히 할 수 있을 것 같은 확신이 들면 개인 라켓을 준비하면 된다. 매번 대여하는 게 번거롭다면 저렴한 중고 라켓을 사는 것도 하나의 방법이다.

라켓 구매 시에는 다양한 라켓 브랜드 중 나에게 잘 맞는 라켓을 찾는 게 중요한데, 직접 라켓을 써 보고 자신의 수준, 라켓의 크기와 무게 등을 고려해 고르면 된다. 영 감이 오지 않을 때는 코치님께 조언을 구해 보자.

테니스공

테니스공 역시 라켓과 마찬가지로 레슨장에 준비되어 있으므로 처음부터 구매하지 않아도 된다.

테니스공은 무압구와 유압구로 나뉘는데, 유압구는 탄성이 좋고 바운드가 높아 경기용으로 주로 사용되고, 무압구는 탄성이 부족하고 펠트가 부드러워 내구성이 낮아 연습용으로 적합하다.

본격적으로 야외에서 테니스를 치게 된다면, 가방에 테니스공 1~2캔 정도는 들고 다니는 게 좋다. 보통 한 번 사용한 공은 경기 때 재사용하지 않지만, 공 가격이 만만치 않으니 초보 때는 사용한 공을 모아서 연습용으로 사용해도 괜찮다.

테니스화

라켓과 공처럼 테니스화 역시 필수품이다. 테니스화는
일반적인 운동화나 러닝화와 달리 사이드까지 코팅이 되
어 있다. 이는 좌우로 많이 움직이는 테니스의 특성상 자
주 발생하는 발목 부상을 막기 위해서다.
또한 테니스화는 코트 표면에 따라 밑창에도 차이가 있
으므로 그에 맞는 신발을 신어야 부상
을 예방하고 경기력을 높일 수
있다. 게다가 대부분의 테니스
장에서는 테니스화를 착용하지
않으면 테니스 코트 사용이 제
한된다.

테니스복

테니스복은 땀 흡수가 잘 되고 통기성이 좋은,
활동하기 편한 것으로 선택한다. 요즘은
테니스인들을 위한 맞춤옷이 출시될
정도로 종류가 다양하
므로 기호에 따라
제품을 비교해 보고
구매하면 된다.

그 외

라켓 가방은 뒤로 메는 '백팩'형과 선수들이 사용하는 '투어백' 형이 있다. 갖고 다니는 라켓 개수가 1~2개라면 백팩이나 토트백, 슬링백 등 부피가 작은 가방으로 충분하지만, 개수가 많다면 투어백을 사용해야 한다. 그 외에도 라켓 핸들의 두께를 조절할 수 있는 오버 그립 테이프, 공을 칠 때 스트링의 진동과 소리를 줄여 주는 댐프너, 땀을 닦기 위한 수건과 헤어밴드, 모자 등이 필요할 수 있다.

테니스 입문 가이드

테니스의 시초는 12세기경 프랑스에서 귀족들이 손바닥으로 공을 치고 받으며 즐기던 운동, 라뽐므La paum로 알려져 있다. 테니스의 어원은 프랑스어로 '때린다'를 뜻하는 'Tenez'에서 유래되었고, 영국에 전파되며 '공을 친다'라는 의미의 'Tennez'라 불리게 되었다.

16세기부터 본격적으로 라켓을 사용했으며, 1874년 영국인 윙필드가 현대 테니스와 유사한 경기로 발전시켰다. 1877년 영국의 윔블던에서 최초의 테니스 대회인 '제1회 전 영국 선수권 대회'를 개최했는데, 이것이 윔블던 대회의 시작이었다.

우리나라에서는 1900년경 미국인 선교사 벙커와 제중원(현 연세대 의과대학)의 앤더슨에 의해 테니스가 소개되었고, 서울 정동의 미국대사관 자리에 최초로 테니스 코트가 만들어졌다. 2018년 정현 선수가 호주 오픈 4강에 진출하며 국내 테니스 붐을 이끌었다.

그랜드 슬램

테니스 대회 가운데 가장 전통 있고 권위 있는 대회로 인정받고 있으며, 윔블던, US 오픈, 프랑스 오픈(롤랑가로스), 호주 오픈이 여기에 속한다.

매년 여름 영국에서 열리는 '윔블던'은 가장 오래된 테니스 대회로, 전 세계 테니스인들의 성지라 불린다. 4대 그랜드 슬램 중 유일하게 잔디 코트를 사용하고 있으며, 전통을 중요시하는 대회 특성상 윔블던에 출전하는 모든 선수는 복장을 흰색으로 통일해 입는다.

1881년 미국에서 시작한 'US 오픈'은 가장 많은 상금을 주는 대회로, 매년 8월 말에서 9월 초 뉴욕에서 열린다. 센터 코트인 아서 애시 스타디움은 세계에서 가장 큰 테니스 경기장으로 약 23,000명을 수용할 수 있다.

매년 5월 프랑스 파리에서 열리는 '프랑스 오픈'은 '롤랑가로스'라는 이름으로 더 알려져 있다(프랑스의 전투기 조종사였던 '롤랑가로스'의 이름을 가져와 대회명으로 사용하고 있다). 1891년 처음 시작되었으며, 그랜드 슬램 대회 중 유일하게 클레이 코트를 사용한다.

'호주 오픈'은 시즌의 시작을 알리는 1월에 호주 멜버른에서 열리며 메인 스타디움은 로드 레이버 아레나다. 1905년 처음 시작되었을 때는 잔디 코트를 사용했으나 1988년부터는 하드 코트를 사용하고 있다.

테니스 레슨 등록하기

테니스를 배우기 위해서는 가장 먼저 레슨을 등록해야 한다. 독학으로도 가능하지만, 시행착오를 최소화하려면 처음엔 레슨을 받으면서 기본기를 다지는 게 좋다.

레슨을 받는 테니스장은 되도록 집(또는 직장)과 가까워야 참가가 쉽고, 레슨비를 날리는 불상사를 예방할 수 있다. 지도 앱에서 '테니스장'이나 '실내 테니스장'을 검색하면 주변 테니스장을 쉽게 찾을 수 있다. 레슨은 받는 곳에 따라 실내와 실외로 나뉘는데, 실내 레슨은 날씨의 영향을 받지 않고 비교적 등록이 쉬운 반면, 코트 규격이 작고 천장 높이가 낮을 경우 서브 연습을 하기가 어렵다. 실외 레슨은 실내 코트에 비해 레슨비가 저렴하고 정식 규격 코트에서 배울 수 있다는 장점이 있지만, 날씨의 영향을 크게 받으며 등록이 매우 어렵다는 단점이 있다.

레슨 등록 시에는 충분한 상담을 통해 나와 성향이 맞는 코치님을 선택해야 하고, 레슨 후 연습할 수 있는 환경이 조성되어 있는지를 살펴보아야 한다.

테니스 코트 예약하는 방법

테니스 레슨을 시작하고 포핸드와 백핸드를 배우고 나면 한시라도 빨리 테니스 코트에 가고 싶은 마음이 드는데, 예약하는 법을 몰라 발만 동동 구르는 분들이라면 주목하자.

테니스 코트 예약은 공공 코트와 사설 코트에 따라

방법이 다르다. 서울의 경우 공공 코트는 서울시 공공서비스예약 사이트에서 예약이 가능하며, 사설 코트는 테니스장 예약 앱('스매시', '플레져' 등)이나 네이버를 통해 예약할 수 있다. 수도권은 테니스 인구에 비해 코트가 현저히 부족해 경쟁이 치열한데, 예약 오픈 일을 놓치면 코트를 예약하지 못할 수 있다.

공공 코트는 가격이 저렴하지만 예약이 어렵고, 비교적 예약이 쉬운 사설 코트는 가격이 비싸다는 단점이 있다. 지방의 경우 운영 방식이 다르므로 전화 또는 방문을 통해 알아봐야 한다.

테니스 코트 종류와 특징

테니스 코트는 표면 종류에 따라 크게 클레이 코트, 잔디 코트, 하드 코트로 나뉜다. 클레이 코트는 표면이 점토로 이루어진 코트로, 습기를 머금고 있고 마찰력이 커 공의 바운드가 느리며 높이 튀는 특징이 있다. 체력이 좋고 수비에 강한 사람일수록 클레이 코트에서 유리하다. 주로 날씨가 따뜻한 남미와 서유럽에 보급되어 있으며, 우리나라에는 아파트 안에 많은 편이다.

잔디 코트는 1년 중 특정 기간에만 사용이 가능하기 때문에 점차 사라지는 추세다. 잔디가 부드럽고 미끄러워 공의 바운드가 낮고 속도가 빠르다. 그래서 잔디 코트에선 강한 서브력을 가진 사람이 유리하다. 우리나라에서는 관리상의 이유로 인조 잔디가 주로 사용되고 있다.

하드 코트는 가장 보편적으로 사용되는 코트다. 아스팔트, 콘크리트와 같은 견고한 재질로 만들어져 공의 바운드가 클레이 코트에서보다는 빠르고 잔디 코트에서보다는 느리다. 그랜드 슬램 중 US 오픈과 호주 오픈이 하드 코트를 사용하는데, 같은 하드 코트라도 표면 재질에 따라 공의 속도가 달라진다(US 오픈이 호주 오픈보다 공의 속도가 느리다). 노바크 조코비치처럼 긴 랠리에 유리한 베이스라이너(베이스라인 게임을 하는 사람)들이 하드 코트에서 강세를 보인다.

테니스 입문자들이 가장 헷갈리는 게 점수 세는 방법이다. 테니스의 기본 점수 체계는 포인트, 게임, 세트 순이다. 포인트는 15점씩 올라가는데, 0을 러브, 1포인트를 피프틴, 2포인트를 서티, 3포인트를 포티, 4포인트를 게임이라 부른다. 4포인트를 얻으면 1게임을 가져가고, 6게임을 이기면 1세트에서 승리한다. 이때 양 선수가 3포인트씩 득점하면 '듀스'가 성립되며, 먼저 2포인트를 득점하면 게임을 가져간다.

동호인들 사이에서는 0:15를 럽피(러브피프틴), 15:15를 피올(피프틴올), 30:30을 서올(서티올) 등으로 축약해 부른다.

레슨을 받으면서 실력을 확인하기 위해서는 게임이 가능한 모임을 찾아야 하는데, 안타깝게도 초보자를 받아 주는 모임은 잘 없다.

그래도 실력을 키우려면 필드로 나가 경험을 쌓아야 하므로 모임 찾기를 포기해서는 안 된다.

초보자 모임을 찾는 가장 좋은 방법은 코치님의 도움을 받는 것이다. 이때 다니는 테니스장에 초보자 모임이 있으면 자연스럽게 낄 수 있는데, 만약 초보자 모임이 없다면, 앞뒤 시간 레슨자에게 용기를 내 레슨 후 랠리를 하자고 하거나 따로 코트를 잡아 함께 치자고 제안하면 좋다. 네이버 카페나 오픈 카톡방, 테니스 플랫폼을 통해 함께 칠 사람을 구하는 방법도 있다.

테니스 클럽 가입 방법

테니스를 안정적으로 치기 위해선 클럽 (동호회) 가입이 필수다. 보통 내가 거주하는 지역의 테니스협회에 소속된 클럽을 알아보거나 눈여겨본 클럽의 SNS 계정을 통해 메시지를 보내 가입 문의를 한다. 인기 있는 동호회에 가입하려면 적극적으로 자신을 어필하는 것이 필요하다.

초보 때는 꼭 동호회가 아니더라도 랠리 모임이나

번개 모임 등에 나가면서 실력이 비슷한 사람들과 인맥을 쌓는 게 좋다. 최근에는 테니스 관련 브랜드에서 운영하는 동호회가 인기 있으며, 유용한 레슨 프로그램도 많아지고 있다.

테니스 라켓 고르는 방법

테니스 라켓을 구매할 때 고려해야 할 몇 가지가 있다. 첫 번째는 라켓 무게이다. 부상을 피하기 위해서는 자신에게 맞는 무게의 라켓을 선택하는 것이 무엇보다 중요하다. 일반적으로 여성은 255~275g, 남성은 285~305g 라켓을 많이 사용한다. 초보자라면 처음엔 가벼운 라켓을 선택하고 점차 무게를 높여 가는 것이 좋다.

라켓의 헤드 크기는 미드, 미드 플러스, 오버로 나뉘는데, 일반적으로는 100in 사이즈를 사용한다. 헤드 사이즈가 클수록 스위트 스폿Sweet spot(공이 맞았을 때 가장 멀리 날아가는 부분)이 넓어져서 적은 힘으로도 강한 공을 칠 수 있어 초보자에게 유리하다. 헤드 사이즈가 작으면 공의 컨트롤이 어려운 반면, 훨씬 강한 공을 칠 수 있기 때문에 고수가 될수록 헤드 사이즈가 작은 라켓을 선호하기도 한다.

라켓의 스트링 패턴은 오픈 패턴(16×19)과 덴스 패턴(18×20)으로 나뉜다. 메인 줄의 수가 적은 오픈 패턴은 초보자에게 적합하며, 파워나 스핀에 유리하지만 내구성이 떨어진다는 단점이 있다. 그립 사이즈는 일반적으로 2사이즈(4.1/4)를 사용하지만, 손이 작은 사람은 1사이즈(4.1/8)를, 손이 큰 사람은 3사이즈(4.3/8) 이상을 사용한다.

테니스 용어 정리

- 그립Grip : 테니스 라켓 손잡이를 잡는 방법
- 다운더라인Down the line : 사이드 라인과 평행하게 직선으로 보내는 샷
- 더블 폴트Double fault : 서브 시 두 번 연속해서 실수할 경우 더블 폴트로 실점하게 됨
- 듀스Deuce : 한 게임에서 40:40 혹은 한 세트에서 5:5인 상황
- 드롭샷Drop shot : 공을 네트 바로 너머로 떨어지게 하는 샷
- 랠리Rally : 한 포인트를 내기 위해 양쪽 선수들이 주고받는 스트로크
- 로브Lob : 공을 높게 띄워 상대의 베이스라인 근처로 떨어뜨리는 기술
- 발리Volley : 공이 땅에 바운드되기 전에 쳐서 넘기

는 기술

- 백핸드Backhand : 주로 사용하는 손의 반대 방향으로 오는 공을 치는 것
- 베이글 스코어Bagel score : 한 선수가 상대방에게 한 세트도 주지 않고 6:0으로 승리하거나 패배하는 상황. 베이글 모양이 숫자 '0'을 연상시켜 비유적으로 사용됨
- 서브Serve : 모든 랠리에 사용되는 유일한 스트로크. 보통 공을 머리 위로 던져올린 뒤 가장 높은 곳에서 라켓으로 치는데, 네트를 건드리지 않고 대각선 반대편의 서비스 박스에 들어가야 성공한 것으로 인정됨
- 서브 앤 발리Serve & Volley : 서브 직후에 네트 쪽으로 다가가 공격을 준비하는 전술
- 스플릿 스텝Split step : 준비 자세로, 두 발로 땅을 밀치며 가볍게 위로 점프하는 동작
- 슬라이스Slice : 공이 진행되는 방향 반대로 공을 위에서 아래로 깎아 치는 스윙

- 어드밴티지Advantage : 듀스에서 점수를 먼저 낸 경우로, 2포인트를 먼저 앞서면 경기가 끝남
- 어프로치샷Approach shot : 네트 앞으로 다가서면서 공을 치는 것
- 엔드체인지Change of End : 바람, 햇빛 등 같은 조건에서 게임을 할 수 있도록 코트 위치를 바꾸는 것
- 앵글샷Angle shot : 상대의 대각선 방향으로 통과하는 샷
- 임팩트Impact : 공이 라켓에 타구되기 직전의 순간적인 힘
- 타이 브레이크Tie break : 게임이 듀스일 경우 12포인트 중 7포인트를 먼저 획득한 자가 승리하는 것
- 토스Toss : 서브를 넣기 위해 라켓을 잡고 있는 반대 손으로 공을 머리 위로 띄우는 동작
- 트위너Tweener : 가랑이 사이로 공을 치는 샷
- 테이크 백Take back : 스트로크를 하기 위한 준비 동작
- 포핸드Forehand : 가장 기본이 되는 스트로크로, 주로 사용하는 손의 방향으로 오는 공을 치는 것

1장

서브

테니스를 시작할 때

샘프러스와 애거시

난 어릴 때부터 스포츠 경기 보는 걸 꽤 좋아하던 아이였다. 특히 해외 스포츠에 관심이 많았는데, 당시는 지금처럼 언제 어디서나 해외 경기를 볼 수 있는 시대가 아니었기 때문에 주로 스포츠 신문이나 뉴스를 통해 소식을 접했다. 덕분에 당대를 주름잡던 스포츠 스타들의 하이라이트 장면을 눈에 담을 수 있었고, 골프 황제 타이거 우즈의 전성기, 농구 황제 마이클 조던의 은퇴 전 활약, 그리고 1990년대와 2000년대 미국 테니스의 전성기를 멀리서나마 함께 경험할 수 있었다.

그런 내게 '테니스'를 각인시킨 두 선수가 있다. 1990년대 민머리에 남성미를 뽐내며 파워풀한 스트로크로 안정적인 경기를 펼친 앤드리 애거시와 시속 200km가 넘는 강서브와 발리로 로저 페더러의 등장 이전 테니스 황제였던 피트 샘프러스가 바로 그들이다. 특히 피트 샘프러스를 좋아했는데, 농구선수 마이클 조던을 연상케 하는 점프력과 바닥이 뚫릴 정도로 강력하게 내리꽂는 스매시는 그의 전매특허 기술이었다.

윔블던에서 흰색 옷을 입고 새처럼 비상하던 샘프러스의 경기 모습은 지금도 잊을 수가 없다. 녹색 잔디 코트 위 네트를 사이에 두고 몇 시간이고 치열하게 움직이던 모습, 포인트가 끝나면 정숙하던 관중들의 모습은 우아함 그 자체였다. 나도 언젠가 그처럼 멋진 스매시를 때려 보고 싶었다. 그러나 그 시절 나는 테니스보다는 공 하나와 골대만 있으면 쉽게 할 수 있는 축구와 농구를 좋아하는 스포츠 마니아였다.

대학에 가서도 별다른 건 없었다. 학부 축구 동아리에 가입해 대학 생활 내내 축구를 즐겨 했다. 친한 친구가 테니스부 가입을 권했지만, 몸이 아닌 라켓으로 공을 주고받는 운동은 진짜 운동이 아니라는 망언을 뱉으며 테니스와는 거리를 두고 살았다.

그래도 아예 관심 밖에 둔 건 아니었다. 종종 경기를 챙겨 본 덕분에 테니스계의 획을 긋는 명장면도 놓치지 않을 수 있었다. 윔블던에서의 로저 페더러의 황제 대관식, 스페인 출신 18세 소년 라파엘 나달의 화려한 등장, 페더러와 나달의 라이벌리, 윔블던 데뷔 무대에서 우승을 차지한 마리야 샤라포바, 흑진주 윌리엄스 자매의 전성기…. 여전히 내게 테니스가 우아하고 매력적인 스포츠인 건 분명했다.

테니스
한번 쳐 볼까

2018년 정현 선수의 호주 오픈 4강 신화를 기점으로 국내에서도 테니스의 인기가 높아졌다. 내가 다니던 회사에서도 테니스를 치는 사람이 하나둘 나타나기 시작했다. 게다가 사람들에게 워라밸이 중요해지면서 취미생활을 권장하는 분위기가 조성되었다. '테니스를 한번 쳐 볼까?' 생각하던 와중 동네를 산책하다가 '테니스 강습'이라 적힌 현수막을 보고는 홀린 듯 전화를 걸었다.

"테니스 레슨 받을 수 있나요?"

"네. 신청자가 많아서 대기하셔야 해요."

"네, 알겠습니다. 대기할게요!"

그러나 기다리는 연락은 3개월이 지나도 오지 않았다. 테니스를 배울 수 있다는 기대가 희미해져 갈 때쯤 모르는 번호로 전화가 걸려 왔다.

"이강원 님 맞으세요? 레슨 등록하셨죠? 내일부터 나오세요. 내일 안 오시면 다음 분께 넘어갑니다."

당장 대답하지 않으면 기회가 사라질 것만 같아 나는 재빨리 가겠다고 대답했다. 드디어 테니스를 배울 수 있겠구나! 그런데 기쁨도 잠시, 라켓 운동은 처음이라 과연 내가 잘할 수 있을지 걱정이 밀려왔다. 그래도 방법은 하나. 부딪히는 수밖에 없다. 해 보지 않고서는 결코 알 수 없는 것 아닌가. 살면서 할까 말까 고민이 들 땐 하는 쪽에 마음의 무게를 실었다. 내가 할 수 있을지 없을지 판단하려면 경험이 뒷받침되어야 하니까. 그렇게 아무것도 준비 안 된 천둥벌거숭이의 첫 테니스가 시작되었다.

달콤쌉쌀한
첫 레슨

첫 레슨 날. 퇴근 후 운동복으로 갈아입고 떨리는 마음으로 테니스장에 도착했다. 조금 연로해 보이는 코치님의 진두지휘 아래 앞 타임 사람들의 수업이 한창이었다. 5월인데도 공기가 차갑게 느껴질 만큼 테니스장에는 긴장감이 감돌았다. 탁, 탁, 탁. 라켓으로 공을 칠 때의 소리에 설레고 멋지게 스윙하는 사람들의 모습을 보니 흥분됐다. 나도 이제 페더러의 우아함과 나달의 파워와 조코비치의 정신력을 겸비한 테니스인으로 성장할 수 있지 않을까 하는 기대감이 가득했다.

분명 큰 꿈을 안고 시작한 레슨인데…. 시작과 동시에 그 꿈은 산산조각이 났다. 반대편에서 코치님이 던져 주는 공을 어떻게 쳐야 할지 몰라서 허둥지둥. 허공에 라켓을 휘두르는 내 모습이 무척 당황스러웠다. 테니스 무경험자의 패기는 온데간데없이 사라졌다.

나는 그간 여러 운동을 섭렵했다는 자신감으로 테니스도 거뜬히, 아주 쉽게 배울 수 있을 줄 알았다. 한번 알려 주면 턱턱 알아듣고 둘, 셋을 해낼 줄 알았다. 그런데 아니었다. 테니스는 달랐다. 나는 가볍게 제자리에서 뛰며 몸에 들어간 힘을 빼고 심호흡부터 다시 했다. 그리고 코치님이 가르쳐 준 대로 라켓을 고쳐 잡고 공에 집중하며 천천히 스윙을 했다.

겨우 20분간의 레슨이었지만 멘털이 무너지는 데는 채 20초도 걸리지 않았다. 테니스를 오래 봐 왔기 때문에 더더욱 테니스를 못 치는 내가 용납되지 않았다. 이 정도로 심각할 줄이야…. 레슨이 끝나고 내가 친 공을 주워 담으며 수만 가지 생각이 교차했다. '고작 첫 레슨인데 이렇게 좌절할 일인가? 그래, 내일은 더 괜찮겠지! 나아지겠지!' 그런 마음으로 딱 한 달만 버텨 봐야지 하고 다짐했다.

그렇게 매주 월요일에서 목요일까지, 주 4회 20분간 테니스 레슨이 시작되었다. 레슨 초반에는 기본기를 다지는데, 특히 테니스에서 가장 중요하다고도 할 수 있는 포핸드를 중점적으로 배운다.

강력한 포핸드 스트로크를 치기 위해서는 테이크백을 하고 몸통을 회전시켜 라켓으로 정확하게 공을 치는 게 중요하다. 나는 코치님이 던져 주는 공을 주시하면서 멋지게 스윙을 하고 싶었다. 그런데 마음과 달리 내가 친 공은 사방팔방으로 날아갔고, 결국엔 한 번도 제대로 치지 못했다.

레슨을 시작하고 한 달 후, 포핸드로 공이 네트를 넘어갈 정도가 되었을 무렵 백핸드를 새롭게 배웠다. 백핸드는 또 다른 신세계였다. 보기에는 한 손으로 치는 포핸드에 비해 양손을 사용하는 백핸드가 쉬워 보이지만 공을 컨트롤하기가 생각보다 어려웠다. 여유 있게 상대의 공을 치려면 미리 위치와 자세를 잡아야 하고, 위치와 자세를 잡으려면 재빨리 몸을 움직여야 한다. 즉, 빠른 스텝으로 움직이는 게 중요한데 그게 잘 되지 않았다. 공이 멀어 보였고, 내가 친 백핸드로는 공이 네트에 꽂히거나 저 멀리 하늘을 향해 날아갔다.

좀처럼 늘지 않는 실력에 코치님의 인내심도 한계에 다다랐는지 쓴소리가 점점 늘어 갔다. 결국 내 자존감도 바닥을 찍었다. 도대체 왜 이렇게 날 힘들게 만드니…. 한동안 테니스장에 가는 발걸음이 무거웠지만, 그래도 언젠가는 나도 멋지게 테니스 칠 수 있는 날이 올 것이라는 희망 하나로 하루하루를 버텼다. 그것 말곤 딱히 할 수 있는 것도 없었다.

장비는 거들 뿐!

테니스 초보자들이 공통으로 하는 고민이 있다. 바로 '레슨은 열심히 받는데 그에 비해 실력이 늘지 않는다'라는 것이다. 뭐가 문제일까. 코치님이 못 가르치는 걸까? 아니면 내 운동 신경이 형편없는 걸까?

어느 순간부터는 코치님의 잔소리도 점점 줄어들어 백색 소음처럼 되고, 이제는 아무런 말도 해 줄 게 없다는 듯 조용해진 코치님과의 사이가 어색해질 때쯤 불현듯 테니스고 뭐고 때려치우고 싶다는 생각이 들었다. 답답한 마음에, 친구에게 테니스가 재밌긴 한데 실력이 안 늘어서 그만하고 싶다고, 어떻게 하면 좋겠냐고 푸념을 늘어놓았다. 그러자 친구가 말했다.

"그럼, 테니스 라켓이나 옷을 사. 그게 아까워서라도 그만 못 두게."

흠 좋은 방법인걸. 당장 코치님한테 괜찮은 라켓을 추천받아서 질러야겠군. 나는 레슨이 끝나자마자 코치님께 라켓을 추천해 달라고 물었다.

"초보가 무슨 새 라켓이에요! 지금 빌려서 쓰는 라켓도 좋은 거예요. 로저 페더러가 사용했던 모델이고, 윌슨 프로스태프라 시중에서도 비싸요. 이걸 대신 사요!"

당시만 해도 라켓 시세를 전혀 몰랐던 나는 인터넷에 '프로스태프'를 검색한 후 비싼 라켓값에 놀랐고, 7만 원에 주겠다는 코치님의 말에 혹해 곧바로 그것을 구매했다(브랜드마다 매년 새 라켓을 출시하는지 그때는 미처 알지 못했다).

그렇게 검정과 빨강 도색이 벗겨진 낡은 라켓이 내

첫 라켓이 되었다. 비록 중고지만 내 라켓이 생기니 신발과 옷도 갖고 싶어져 라켓과 어울릴 만한 테니스화와 옷을 구매했다. 하나둘 아이템을 모으고 나니 이제 제법 TPO를 갖춘 테니스인이 된 기분이었다.

그리고 라켓을 자랑하기 위해 SNS에 올린 내 게시물을 보고 누군가 말했다. 그 라켓은 2000년대 중반에 출시된 완전 구형이라고. 중고가 3만 원 정도라고. 페더러가 쓴 건 맞지만 아주 오래전에 썼던 거라고. 난 7만 원에 샀는데, 3만 원이라니… 이게 무슨 아닌 밤중에 홍두깨란 말인가? 뜬금없이 알게 된 사실에 기분이 착잡해졌지만, 그 와중에 얻은 교훈은 있다. 최소한 라켓을 사기 전 반드시 시세를 꼼꼼히 조사해야 한다는 것.

적당한 장비 욕심은 취미에 몰입하게 해 주고, 취미를 지속하는 데 원동력이 되어 준다. 다만 필요하지 않은 장비를 섣부르게 사 모으는 것은 위험하다. 소위 말하는 '장비 빨'은 어느 정도 그 취미를 지속해 온 사람에게나 적용되니까.

갓 입문했을 때는 귀찮더라도 많이 검색해 보고, 적극적으로 후기도 참고한 후 장비를 구매해야 한다. 매해 혹은 시즌별 새 제품이 쏟아져 나오기도 하고, 신형이라는 이유로 덥석 사는 건 초보자가 감당하기엔 꽤 위험한 일이다.

공 줍다가
생긴 인연

레슨이 끝나고 코트 밖 여기저기 떨어져 있는 공을 줍다 보면 가끔 뒤 타임 레슨을 듣는 분이 와서 도와줄 때가 있다. 처음에는 빨리 주워야 한다는 강박과 다른 레슨자가 치는 공에 맞지 않기 위해 집중하며 공을 줍다 보니 대화할 여유가 없었다.

그러다 날아오는 공을 피하며 동시에 공도 줍는 내 공이 쌓이면서, 다른 레슨자들과도 조금씩 안면을 트게 되었다. 대화를 나누어 보니 대부분 나와 비슷한 고민을 하고 있었다. 다들 테니스에 빠져 있어서인지 24시간 내내 테니스를 치고 싶다, 어떻게 하면 잘 칠 수 있을까만 골똘히 생각한단다.

한번은 뒤 타임 레슨자와 공을 줍다가 옆 코트가 비어 있길래 용기를 내 랠리를 하자고 요청했다. 그날 처음으로 랠리를 주고받았는데, 당연히 랠리가 제대로 될 리 없었다. 공을 주고받는 시간보다 줍는 시간이 더 길었다. 그래도 그때부터 틈틈이 뒤 타임 레슨자들에게 랠리를 하자고 제안했다. 뒤 타임 수업이 끝나길 기다렸다가 테니스장이 문 닫는 밤 10시까지 함께 공을 치다가 집에 가는 것이다.

재밌는 건 룰도 모르는 상태에서 공을 주고받는 게임만 해도 테니스 중독 초기 증세를 보인다는 것이다. 레슨이 끝나도 집에 가지 않고 다음 레슨자의 레슨이 끝날 때까지 기다렸다가 랠리를 하려는 마음. 이 글을 읽는 누군가도 그런 마음이 든다면, 이미 당신은 테니스에 중독된 건지도 모른다.

테니스 코트를 찾아서

랠리의 즐거움을 맛본 이후로 내가 레슨 받는 관악구민운동장의 테니스 코트가 좁게 느껴졌다. 이제 본격적으로 테니스 코트를 찾아 떠날 때가 온 것인가.

먼저 나는 서울에 있는 테니스 코트를 찾기 위해 인 터넷을 뒤졌다. 그런데 테니스 코트의 위치 정보가 거 의 없었다. 방법을 찾아 헤매다 알게 된 사실은 서울 시에 있는 공공 코트 대부분은 서울시 공공서비스 예 약 사이트를 통해 사용할 수 있다는 것이었다. 물론 이용 가격이 저렴한 만큼 예약이 쉽지 않아 사설 코트를 잡기 위해 또다시 방법을 찾아야 했지만(내가 다니는 관악구민운동장 테니스 코트는 관악구 시설관리공단 사이트를 통해 예약할 수 있고, 관악구민이 아니어도 이용이 가능하다).

테니스 코트 예약에 성공했다면 그다음은 테니스를 함께 즐길 사람을 구해야 한다. 나는 랠리를 함께 하던 레슨자들을 초대해 가볍게 게임을 진행했다. 운이 좋은 날에는 관악구민운동장 테니스 코트를 예약할 수 있었지만, 경쟁이 치열해 못한 날에는 근처 보라매공원 테니스장을 이용하기도 했다. 이곳은 4면이 인조잔디 코트, 2면이 클레이 코트였는데, 비교적 인기가 덜한 클레이 코트를 예약해 흙먼지를 마셔 가면서 열심히 테니스를 쳤다. 심지어 서울대 안에도 테니스장이 있다는 정보를 입수하고는 교직원이던 지인을 대동해 거기까지 가서 테니스를 치기도 했다.

그런데 코로나19로 인해 자주 가던 코트들이 잇따라 휴관하면서 테니스를 칠 수 있는 곳이 점점 더 줄어들었다. 사회적 거리 두기로 공공 체육 시설 대부분이 문을 닫았고, 내가 다니던 테니스장에서도 결국 '무기한 휴관'이라는 결정을 내렸다. 하루아침에 나라 잃은 백성처럼 코트가 사라진 것이다. 테니스와의 만남은 이렇게 잠깐의 불장난으로 끝나는 건가. 다행히 일부 사설 코트들은 운영 시간만 조정했을 뿐 운영을 중단하진 않았다. 하지만 공급과 수요 법칙에 의해 코트 예약 전쟁이 심화되었다. 아파트 단지 내에 숨어 있는 코트까지 샅샅이 뒤져 테니스를 치려는 일명 '테친자'('테니스에 미친 자'의 줄인 말)들이 많아지면서 테니스 치기는 점점 어려워져만 같다.

  하는 수 없이 나는 서울을 벗어나 경기도에 있는 테니스장까지 찾게 되었다. 테니스에 대한 갈증은 거리의 한계를 극복하기 충분했고, 실력은 부족하지만 열정은 차고 넘쳤던 나와 다른 레슨자들은 코트만 잡으면 그곳이 어디든 상관없이 달려갔다. 이 열정을 다른 곳에 쏟았다면 더 훌륭한 사람이 되었을지도 모를 일이다.

초보자가 지켜야 할 기본 매너

테니스장에 가 보면 '테니스장 매너'라고 적힌 안내판을 어렵지 않게 발견할 수 있다. 그만큼 테니스는 매너를 중시하는 스포츠다. 제아무리 실력이 좋아도 매너를 지키지 않으면 모두 그와는 함께 운동하길 꺼릴 것이다. "실력은 상급자인데 매너는 완전 바닥이네"라는 말을 듣는 사람과 "실력은 조금 부족하지만 매너는 정말 좋다"라는 말을 듣는 사람이 있다면, 당신은 누구와 테니스를 치고 싶은가? 기본적인 매너는 지킬 줄 아는

테니스인이 되어야 어디에 가든 인정받고 사랑받을
수 있다.

테니스화 꼭 신기

처음에는 평소 신던 운동화를 그대로 신고 레슨을
받았는데, 앞 타임 레슨자가 러닝화를 신고 레슨을 받
다가 발목이 접질리는 걸 보고 곧바로 테니스화를 구
매했다.

테니스화는 테니스 코트 표면에 맞는 것을 구매하
는데, 우리나라에선 주로 올 코트 타입을 신는다. 테
니스화는 일반 운동화와 달리 발목을 잡아 주고 미끄
러짐을 막아 주기 때문에 부상을 방지하려면 테니스
화를 꼭 신어야 한다. 게다가 테니스화를 신지 않으면
대부분 코트에 입장조차 할 수 없다.

참고로 가장 오래된 테니스 대회인 윔블던은 전통
을 고수하기로 유명한데, 대회에 참가하는 선수는 오
직 흰 유니폼만을 입어야 한다. 미국의 전설적인 선수
였던 앤드리 애거시는 과거 윔블던의 엄격한 규정에

반발해 4대 그랜드 슬램 중 하나였던 윔블던에 불참을 선언한 바 있다.

경기 룰 숙지하기

테니스 경기 룰에서 점수 세는 것만큼 중요한 것이 서브다. 서브는 두 번의 기회가 주어지며, 두 번 다 반대편 대각선 서비스 박스 안에 공을 넣지 못하면 더블폴트가 되어 실점한다. 초보일 땐 더블 폴트와 거의 한 몸이 될 정도인데, 중수로 올라가려면 퍼스트 서브 확률을 높여야 한다. 간혹 본인의 서브를 모두 더블폴트로 끝내는 사람도 있는데, 함께 게임하는 사람들이 가장 꺼리는 유형의 파트너다.

그리고 서브할 때 발이 베이스라인을 밟거나 넘으면 풋폴트가 선언된다. 간혹 고수들이 경기에서 라인 앞으로 세 걸음 이상 걸어 나오며 서브를 넣을 때가 많은데, 이는 잘못된 습관이 지속된 경우다. 뭐든 뒤늦게 고치려면 어려우므로 초보 때부터 풋폴트에 대한 경각심을 가지고 하지 않는 게 바람직하다. 명백한

반칙이기 때문이다. 나 역시 초보 시절 경기에서 이긴 후 기쁜 마음으로 경기 영상을 다시 보다가 풋폴트 한 걸 알고 부끄러웠던 적이 있다.

마지막으로 경기 룰 중 꼭 알아야 할 것이 '레트Let' 다. 레트는 경기 도중 코트 안으로 다른 공이 들어오거나 새가 네트 위에 앉는 등 예기치 못한 돌발 상황으로 경기 진행이 더 이상 어려울 때 선언된다. 레트가 선언되면 진행 중인 경기의 포인트는 무효가 되며, 다시 처음부터 경기가 시작된다.

파트너에게 예의 지키기

초보자의 멘털이 무너지는 순간은 실수하고서 같은 편에게 잔소리를 들을 때다. 이름하여 '팁킬'. 아무리 상대를 위한 조언이라 할지라도 듣는 사람이 그렇게 느끼지 않는다면 그건 조언을 빙자한 잔소리일 뿐이다.

파트너에게 조언하고 싶다면 경기가 끝난 후 먼저 그의 의사를 확인하고 말해야 한다. 그리고 조언할 때도 듣는 이의 반응을 살피며 조언 수위를 조절하는 게 필요하다. 또 "○○ 씨, 오늘 경기 너무 잘하셨는데 이 부분만 개선하면 다음엔 더 잘하실 거 같아요" 하며 부족한 부분을 집어 주는 게 좋다.

코트에서는 비난보다는 칭찬을, 잔소리보다는 진심 어린 격려를 해 주는 성숙한 동호인이 되자.

K-테니스 문화

테니스 코트에 가면 우렁차게 "안녕하세요"를 외치며 서브 넣는 사람들을 쉽게 볼 수 있다. '왜 저렇게 크게 인사하며 서브를 넣지?'라고 생각했는데, '이제 시작한다'라는 일종의 알림 같은 거였다.

누가 이런 인사법을 만들었는지는 알 수 없지만, 이제는 하나의 테니스 문화로 자리 잡은 동방예의지국 인사 문화. 가끔 이것을 잘못 이해한 사람 중에는 서브를 넣을 때마다 '안녕하세요'를 반복하는 사람도 있고, 이 고루한 문화에 전면으로 반항하겠다며 인사 대신 곧장 서브를 넣어 맞은편 리시버를 당황하게 만드는 혁명가 스타일의 사람도 있다.

나도 처음에는 근원을 알 수 없는 인사 문화에 맞서 보려 했지만, 인사도 안 하는 예의 없는 인간이 되고 싶진 않아 '안녕하세요'를 자연스럽게 체득했다. 지금은 가끔 잘 모르고 인사를 생략하는 초보자들에게 'K-테니스 문화'를 전파하는 전도사가 되었다. 인사를 건넬 때는 꼭 큰 소리로 하지 않아도 되고, 서브를 넣겠다는 제스처 정도여도 충분하다.

이 외에도 알아두면 좋은 K-테니스 문화가 하나 더 있다. 바로 '땡큐볼'이다. 보통 내가 친 공이 옆 코트로 넘어가면 초보자들은 코트를 가로질러 가 공을 주워 오려고 한다. 나도 공이 옆 코트로 흘러갔을 때 누구보다 빨리 공을 주워 경기에 방해되지 않게 해야지 했었다. 그런데 옆 코트에서 게임하는 분들이 곧장 날 부르더니, 위험하게 코트 안으로 들어오면 안 된다며 호통을 쳤다. 난 그저 빨리 공을 치우려는 마음으로

뛰어간 것뿐인데, 이렇게 욕먹을 일인지 서러운 마음
이 들었다.

　그런데 나중에야 알았다. 경기 중인 코트에 들어가
는 게 얼마나 위험한 일인지를. 만약 공이 경기 중인
다른 코트로 넘어간다면 "땡큐볼" 혹은 "죄송합니다"
를 외쳐 상대가 경기를 중단하고 공을 넘겨줄 때까지
기다려야 한다.

테니스 문화는 결국 테니스인인 우리가 만들어 가는 것이다. 테니스장 텃새 같은 오랜 악습은 없애고, 함께 즐길 수 있는 분위기를 조성한다면 모두가 행복하게 테니스를 칠 수 있지 않을까? 나부터라도 건강한 테니스 문화 형성에 앞장서야겠다.

2장
포핸드와 백핸드
테니스 코트를 누비며

끝까지 버티는 정신

테니스 입문과 동시에 포핸드와 백핸드만 배웠던 3개월의 시간이 흐르고, 네트 위로 공을 곧잘 넘길 수 있게 되었다. 실력이 조금씩 늘자 '이제 발리와 스매시도 배울 수 있겠지?' '곧 게임도 할 수 있겠지?' 하며 들뜬 마음으로 하루하루를 보냈다. 여전히 코치님께 혼나기도 했지만 레슨 받으러 가는 길이 이전처럼 고통스럽진 않았다.

레슨 날이 기다려지는 데는 코치님의 쓴소리가 줄어든 것도 한몫했다. 3개월 동안 코치님의 애증의 대상은 단연코 나였는데, 어느 순간부터는 칭찬을 해 주시기 시작했다. '잘하네'라는 칭찬을 들으면 전보다 자신 있게 포핸드로 공을 칠 수 있었다. 그래도 테니스는 만만치 않은 운동이었고, 라켓에 제대로 맞는 공보다 빗맞는 공이 훨씬 많았다.

나는 실력을 키우기 위해 레슨 외에 유튜브 강좌를 찾아보고, 관련 책도 찾아 읽었다. 잘하고 싶은 마음에 선수들의 경기도 챙겨 보았는데, 로저 페더러의 포핸드와 백핸드를 보며 '저게 바로 테니스구나!' 감탄했다. 반대로 내 모습은 형편없었다. 코치님에게 테니스를 잘 치려면 어떻게 해야 하냐고 물어도 돌아오는 건 테니스는 쉽게 잘할 수 있는 운동이 아니다, 꾸준히 하다 보면 언젠가 공을 잘 칠 수 있을 거란 뻔한 답이었다. 그런데 결국 코치님의 말이 정답이었다. 조급해 봤자 실력이 갑자기 좋아질 일은 없었고, 설사 그런 일이 생기더라도 몸에 무리가 생기기 일쑤였다.

레슨을 시작하고 약 6개월까지가 정말 힘든, 인고의 시간인 것 같다. 포핸드도 제대로 못 하는 초보자가 게임을 하기엔 실력이 달리고, 레슨만 받기에는 성에 안 차고, 빨리 실력을 키우고 싶지만 연습 장소도, 같이 쳐 줄 사람도 마땅히 없는 삭막한 현실을 마주하면 달아올랐던 테니스에 대한 열정도 확 식고 만다. 그럴 때 오히려 욕심을 덜어 내고 현실을 받아들이면서 참고 견뎌야 한다. 홀로 이겨 내기가 힘들다면 SNS를 통해 비슷한 상황의 초보자들과 소통하는 것이 도움이 된다. 나만 힘든 게 아니라 입문자 대부분이 비슷한 고민을 하고 있다는 걸 알면 위안이 된다.

보통 게임에서 레벨 1이 처음부터 보스급 몬스터를 잡을 수 없다. 레벨이 낮을 땐 약한 몬스터를 잡으며, 일명 '막일'로 일정 수준 레벨을 끌어올려야 한다. 테니스도 마찬가지다. 어느 정도의 레벨까지 올라가려면 분명 참고 견디는 시간이 필요하다. 그 반복되는 시간이 지루하고 재미없게 느껴져서 중간에 그만두는 사람도 많지만, 그래도 그 기간만 지나면 재밌게 즐길 수 있고 인생 취미로 삼을 수 있는 운동이 테니스다.

'나마스테니스'의 서막

취미생활을 오래 지속하기 위해선 함께 할 사람을 찾는 게 가장 중요하다. 더구나 테니스는 혼자서는 결코 할 수 없는 운동이다 보니 함께 할 상대가 꼭 있어야 한다. 특히 나처럼 끈기가 부족한 사람은 옆에서 같이 해 줄 사람이 절대적으로 필요하다.

테니스 실력을 키우는 가장 빠른 방법 또한 기존에 잘 치는 사람과 함께 하는 것이다. 그러려면 클럽 활동을 해야 한다. 내가 테니스 이전에 했던 운동은 개인 운동에 가까운 복싱과 주짓수였다. 신체 강화와 정신 수련이라는 목적으로 패기 있게 시작했으나, 결국엔 마의 3개월을 넘지 못하고 그만두었다. 축구나 야구, 농구 같은 팀 스포츠는 보통 동아리나 모임에 속해야 하다 보니 초반에 그만하고 싶어도 그만두겠다는 말을 꺼내지 못해 어영부영 시간이 지나가곤 했다. 그러다 보면 어느새 운동이 몸에 익어 어느 정도 실력을 갖추게 되고, 마음의 이탈만 없으면 오랜 기간 그냥저냥 취미생활로 이어졌다.

테니스는 팀 스포츠는 아니지만 최소 2~4명이 함께 해야 하는 운동이기 때문에 사람들과의 교류가 필수적이다. 그리고 라켓 스포츠의 특성상 기본 실력을 갖추기 위해선 타 종목보다 몸담아야 하는 시간이 꽤 필요하다. 그래서 모임이나 클럽의 중요성이 더욱 강조된다. 그러나 클럽 대부분이 그렇듯, 초보자에겐 가입이 어렵게 느껴질 것이다(테니스는 사실 그 문턱이 높기로 악명 높은 종목 중 하나다). 나 또한 테니스를 시작할 무렵부터 많은 사람에게 클럽 활동을 해야 실력이 는다는 말을 수없이 들은 터라 클럽에 가입하기 위해 고군분투했었다. 그러나 나 같은 초보자를 받아 주는 곳은 그 어디에도 없었다.

그러다가 코치님의 도움으로 50대로 이루어진 클럽에 게스트로 갈 기회가 생겼다. 배운 대로 곧잘 치다가 포칭 발리 실수를 했는데, 파트너가 나를 부르더니 그 상황에서 왜 포칭 발리를 하냐며 꾸짖었다. 당연했다. 경험이 부족한 나는 이럴 땐 이렇게 쳐야지 하는 판단이 잘 서지 않았고 실수가 잦았다. 테니스 고수인 그분에게 나는 전혀 도움이 되지 않는 파트너였을 것이다. 그 이후엔 나도 모르게 주눅이 들어 제대로 공을 못 쳤고, 다시는 그 클럽에 갈 수 없었다.

결국 최후의 방법은 '답답하면 내가 만든다'였다. 나는 함께 레슨을 받던 몇몇을 설득해 코트가 잡히는 대로 테니스를 치기 시작했다. 그렇게 매주 모여 테니스를 치다 보니 자연스럽게 정기 모임으로 발전했고, 작고 소중한 테니스 클럽 '나마스테니스', 일명 '나마스테'가 만들어졌다('나마스테'는 '레슨이 끝나고도 남아서 테니스를 치고 가는 남자들'이란 해석이 다수다).

테니스도 잘 못 치는데 덜컥 클럽부터 만들다니, 잘 운영할 수 있을지 걱정되지 않았다면 거짓말일 것이다. 그래도 아무것도 안 하는 것보단 뭐라도 해 보는 게 낫다. 4명에서 시작한 이 모임은 현재 20여 명의 정회원과 함께 운영되고 있으며, 다른 클럽과의 교류전, 테니스 MT를 비롯해 다양한 활동을 이어가고 있다. 지난해에는 회원 중 한 명이 국화부에 입성하는 쾌거를 이루기도 했다.

누군가 내게 물었다. 수많은 클럽이 생기고 사라지는 요즘, 클럽 유지의 비결이 뭐냐고. 나는 고민 없이 회장의 독재와 시스템이라고 대답했다. 독재라고 하니 안 좋게 들릴 수도 있겠지만, 4년째 회장직을 연임하며 나름 터득한 방법으로 최선을 다하고 있다. 물론 좋은 운영진들을 만난 덕분에 지금껏 즐겁게 테니스를 치는 게 가능했지만.

테니스 마의 구간
극복법

직장인이라면 누구에게나 3개월, 3년에 한 번씩 찾아오는 그것을 알 것이다. 참기 힘든 퇴사 욕구. 테니스에도 비슷한 게 있다. 바로 '3개월의 법칙'이라 불리는 레슨 3개월쯤에 찾아오는 '현자 타임'. 레슨을 꾸준히 3개월 이상 받았는데도 코치님께선 아직 게임을 하기에는 갈 길이 멀다 하고, 잘 맞던 포핸드가 다음 날에는 형편없이 안 맞고, 대체 어쩌란 건지… 알면 알수록 어렵고 '도통 모르겠다'라는 마음만 드는 시기. 그래도 테니스와 꽤 가까워졌다고 생각했는데 다시 거리감이 느껴지는 때.

그런데 이 시기를 잘 극복해야만 진정한 동호인으로 성장해 테니스 세계에 머무를 수 있다. 만약 이 시기를 극복하지 못한다면 결국엔 새로운 취미를 찾아 떠나게 될 것이다. 나에게도 어김없이 찾아와 한동안 마음이 어지러웠던 때를 떠올리며, 내가 어떻게 그 시기를 넘겼는지 방법을 공유한다.

영상으로 기록하기

레슨 받을 때 테니스 치는 모습이 담기도록 삼각대를 설치해 핸드폰으로 틈틈이 찍어 둔다. 번거로워도 테니스 칠 때의 자세를 점검하기에 좋고, 나중에 선수들의 영상과 비교해 보면 나의 잘못된 습관을 찾는 데도 도움이 된다. 처음에는 영상을 찍는 게 부담스러웠지만, 꾸준히 기록으로 남기다 보니 나의 결점을 알고 레슨 때 그 부분을 좀 더 신경 써 교정할 수 있었다. 가끔은 여과 없이 담긴 내 모습을 보면 당혹스럽지만,

그래도 어쩌겠는가. 잘못된 걸 고쳐야 하는 것도 결국 나의 몫이다.

SNS 활용하기

2030 세대에서 테니스 열풍이 불자, SNS에도 테니스 관련 피드가 많아졌다. 어렵지 않게 테니스 관련 정보를 얻고, 취미로 테니스를 치는 사람들과 소통할 수 있게 된 것이다. SNS를 잘 활용하면 테니스 모임을 알거나 테니스 친구를 만드는 것도 가능해 여러모로 도움이 된다.

유튜브 참고하기

평소 레슨 받는 것만으로 배움에 부족함을 느꼈다면, 유튜브를 활용하면 손쉽게 국내외 전문가들의 온라인 레슨을 받을 수 있다. 단, 유튜브 레슨에 너무 빠져 그대로 치려다 보면 다음 날 코치님께 "너 또 유튜브로 뭐 배워 왔지?"라는 핀잔을 들을 수도 있다.

경기 챙겨 보기

좋아하는 테니스 선수가 있다면, 그 선수의 경기를 챙겨 보는 게 테니스 보는 눈을 넓히는 데 도움이 된다. 테니스는 경기 룰이나 기술을 단기간에 익히기가 까다로운 운동이다. 따라서 좋아하는 선수의 경기를 보다 보면 나도 모르게 지식이 쌓이고, 자연스레 테니스에 대한 애정도 상승하게 될 것이다.

테니스 친구 만들기

테니스를 쳐 보면, 함께 할 친구를 만드는 게 말처럼 쉽지 않다는 걸 알게 된다. 나의 경우 내 레슨 시간 앞뒤 레슨자들과 공을 줍다가 자연스럽게 친해졌는데, 코치님의 잔소리를 주제로 이야기하다가 마음이 맞아 일명 '테친'(테니스 친구)이 되었다. 그 뒤로는 레슨 후 남는 시간에 짧게 랠리도 주고받고, 주말에는 코트를 빌려서 같이 테니스를 치며 좀 더 가까워질 수 있었다.

내가 가장 좋아하는 코트

 아마도 어느 정도 테니스를 쳐 본 사람이라면 자신에게 맞는 코트가 무엇인지 감이 잡힐 것이다. 그렇다면 나에게 맞는 코트는 무엇일까? 답은 '그때그때 달라요'다.

처음에는 공의 바운드가 높고 바운드된 공의 속도가 느린 클레이 코트를 선호했다. 바닥에 쭉 미끄러지면서 상대의 공을 걸어 올렸을 때의 쾌감이 좋았다. 하지만 클레이 코트에도 치명적인 단점이 있다. 바로 새로 산 테니스화와 옷이 더러워진다는 것. 그래서 한

창 테니스 용품을 사 모을 때는 클레이 코트에서 테니스를 치는 게 부담스러웠다. 그다음으로는 인조 잔디 코트에서 치는 게 좋았다. 무릎에 무리가 덜 가고 비가 와도 테니스를 칠 수 있기 때문이다.

5년 차가 된 요즘은 하드 코트를 가장 좋아한다. 하드 코트는 실내외에 모두 사용되고 다양한 색상으로 표현이 가능하다. 실제 호주 오픈과 US 오픈은 파란색, 인디언웰스는 보라색, 몽펠리에 오픈은 분홍색으로 되어 있다. 국내에도 테니스 인기에 힘입어 다양한 하드 코트가 만들어졌는데, 파란색부터 분홍색, 노란색까지 다채로운 색상의 코트들이 생겨났다. SNS 친화적인 요즘 테니스 동호인들에게 가장 적합한 형태의 코트라고도 볼 수 있다.

또한 하드 코트는 공의 바운드가 규칙적이고 코트의 특성에 따라 경기 스타일이 달라지는 다른 코트들에 비해 모두에게 그 특성이 공평하게 주어진다. 나역시 랠리가 가능해진 뒤부터는 하드 코트에서 치는 걸 좋아하게 되었다. 다만 슬라이딩을 하다가 다칠 수 있어 조심해야 한다. 실제로 몇 번이나 발목이 꺾일 뻔한 위험한 순간이 있었다. 초보자들에겐 아무래도 부상의 위험이 적은 클레이 코트나 인조 잔디 코트를 추천하는 편인데, 가장 좋은 방법은 이곳저곳 경험해 본 후 본인에게 맞는 코트 표면을 찾는 것이다.

클레이 코트

특징
- 가늘게 분쇄된 셰일, 암석 또는 벽돌로 이루어져 있다.
- 주로 앙투카(벽돌을 모래처럼 분쇄해 갈고, 물을 흠뻑 부어 굳혀 만듦)를 사용해 만든다.
- 공의 바운드가 높고 바운드 된 공의 속도가 느려 수비형 선수에게 유리하다.
- 남미나 서유럽 등 날씨가 따뜻한 지역에 많다.
- 관리 비용이 많이 들고, 불규칙 바운드 확률이 높다는 게 단점이다.

주요 대회
- 그랜드 슬램 : 프랑스 오픈
- 마스터스 시리즈 : 몬테카를로, 마드리드, 로마 등

잔디 코트

특징
- 잔디가 부드럽고 미끄러워 공의 바운드가 낮고 바운드 된 공의 속도가 빠르다.
- 다른 코트에 비해 랠리가 짧아지며, 공격적인 플레이에 유리하다.
- 영국 잉글랜드 지방에서 주로 볼 수 있다.
- 관리가 어렵고, 비용이 많이 든다.

주요 대회
- 그랜드 슬램 : 윔블던
- ATP 500 : 퀸즈클럽 챔피언십, 게리웨버 오픈

하드 코트

특징
- 흔히 아스팔트 재질로 만들어지며
  공의 바운드가 높고 바운드 된 공의 속도는 중간이다.
- 표면 재질에 따라 잔디 〉 하드 〉 클레이 코트 순으로
  바운드 후 공의 속도에 차이가 있다.
- 불규칙 바운드가 거의 없다.

주요 대회
- 그랜드 슬램 : 호주 오픈(합성 재질 코트),
  US 오픈(아크릴 재질 코트)
- 마스터스 시리즈 : 인디언웰스, 마이애미,
  신시내티, 상하이, 파리, 캐나다 등
- ATP 투어 파이널

실내(카펫) 코트

특징
- 표면이 유연해 경기 중 다양한 움직임을 가능하게 한다.
- 공의 바운드가 일관되며, 바운드 된 공의 속도가 빠르다.
- 장점은 경제적이고, 다른 표면에 비해 내구성이 좋다.
- 부상의 위험이 크다.

주요 대회
카펫 코트는 1960년대 후반 처음 등장했다.
고무나 인조 섬유로 만들어져 주로 실내 경기장에 사용했는데,
2009년 이후 ATP 투어에서는 사용하지 않는다.

게스트 도전
(feat. 영바드 클럽)

 코로나19로 인해 대부분 테니스장이 문을 닫았던 시절, 테니스장을 예약한 자가 강호를 제패하기 시작했다. 나마스테 클럽이 있었지만, 나 같은 초보자는 정글에 버려진 한 마리 톰슨가젤과 같았다. 이 가엾은 가젤을 누가 구원해 줄까. 때마침 테니스 칠 곳이 없어 방황하는 사람들을 위한 익명 카톡방이 생겼고, 그곳에서 몇몇 사람과 친해졌다. 그리고 그중 한 분의 초대로 난생처음 게스트로 나가게 되었다.

보통 게스트는 정기적으로 모임을 하는 동호회나 테니스 코트를 예약한 개인이 모집하는데, 지인을 부르거나 테니스 관련 오픈 채팅방, 앱을 통해 구력이 맞는 사람을 찾는다. 게스트로 가기 위해서는 먼저 모집 글을 확인하고, 조건이 맞다면 연락해 게스트비를 입금한 후 모임에 참석한다. 사실 테니스를 친 지 1년 이하인 사람은 게스트로 잘 받지 않기 때문에 초보자라면 더더욱 게스트로 참여하기가 어렵다. 게스트를 구할 때 가장 중요한 조건은 성별과 구력인데, 여자 복식을 모집하는 데 남자가 신청할 수 없고 반대로 남자 복식을 모집하는 데 여자가 신청할 수 없다. 가끔 구력을 속이고 게스트로 오는 경우가 있는데, 구력은 단순히 테니스를 시작한 시점을 의미하는 거라 실제 실력을 판단하는 기준으로 삼기에는 애매한 부분이 있다. 그래도 국내에서는 미국테니스협회에서 만든 레벨 측정 방법인 NTRPNational Tennis Rating Program의 기준이 모호해 대부분 구력을 기준으로 한다.

나의 첫 게스트 나들이 장소는 동작구에 위치한 용

마 테니스장이었다. 처음 가 보는 곳이라 길을 헤매다가 대방 테니스장으로 잘못 가서 그만 지각을 하고 말았다. 도착했을 땐 이미 많은 사람이 모여 있었고, 처음 보는 사람들 틈에서 낯을 가리던 중 누군가 다가와 말을 걸었다. "원리툰 님 맞으시죠? 반가워요." 알고 보니 익명 채팅방에서 이야기를 나눈 분이었다. 무려 강원도에서 테니스를 치기 위해 서울까지 온 열정 넘치는 테니스 동호인.

영버드 클럽은 1년 차부터 10년 차, 심지어 코치님까지 정말 다양한 테니스인이 모여 있는 곳이다. 구력과 상관없이 모여 테니스를 치다니, 나보다 훨씬 잘 치는 사람들과 게임을 할 수 있다는 것 자체가 초보자들에게는 좋은 경험이 된다. 나중에 알게 된 사실은 원래 영버드 클럽은 초보자 클럽인데, 정기 대관한 테니스장이 코로나 기간에도 운영을 계속하면서 전국의 실력자들을 초대해 모임을 운영하고 있었다.

매주 잘 치는 분들과 랠리도 하고 게임도 하면서 테니스 치는 재미뿐만 아니라 나도 그분들처럼 잘 치고 싶다는 목표가 생겼다. 받을 수 없는 강력한 서브, 공이 찢길 듯한 힘 있는 포핸드도 대단해 보였지만, 무엇보다 초보자와의 게임에서도 당황하지 않고 격려해주면서 게임을 이끄는 모습이 인상적이었다. '언젠가 저들처럼 여유 있게 칠 수 있게 된다면 초보자와 공을 주고받을 때 실력이 부족하다고 무시하지 말고 함께 어울려 즐겁게 테니스를 쳐야지' 하고 마음먹었다. 그날 만난 좋은 분들 덕분에 지금껏 나는 유쾌하게 테니스 라이프를 즐기고 있다.

잘못된 폼을 개선하려면

가끔 내 경기 영상을 보면 이게 테니스인지 봉산탈춤인지 헷갈렸다. 분명 머릿속에서는 페더러처럼, 나달처럼 치는 것 같은데 영상 속 나는 그저 라켓을 들고 춤추는 광대였다. 코로나19로 레슨을 쉬면서 그동안 배웠던 제대로 된 폼마저 다 까먹고, 게임 하면서 생긴 나쁜 습관들로 인해 점점 자세가 망가진 게 컸다. 이대로는 도저히 안 되겠다 싶어 레슨을 알아보다가, 지인의 소개로 집 근처에 있는 실외 테니스장에서 다시 레슨을 시작하게 되었다. 이전과 다른 점이 있다면, 개인 레슨이 아닌 4명 그룹 레슨을 선택했다는 것이다(멤버는 예전에 함께 레슨을 받았던 분들로 이루어졌다).

레슨 첫날. 마주한 코치님의 첫인상은 정말 무서웠다. 전에 레슨 받을 때 코치님이 반복적인 피딩만 해 주는 게 아쉬웠던 게 떠올라 이번엔 좀 더 적극적으로 가르쳐 주면 좋겠다고 생각했는데, 내가 질문이나 할 수 있을지 의문이 들 정도였다. 레슨이 시작되고 얼마 지나지 않아 코치님은 우리의 포핸드를 보고는 말없이 피식 웃으셨다. 알고 보니 우리 같은 생초보자들을 오랜만에 가르쳐 본 코치님이 생각보다 더 형편없는 실력에 놀라신 거였다.

재밌는 건 모두 같은 부분에서 잘못된 폼을 지적받았다는 것이다. 코치님은 잘못된 폼은 하루라도 빨리 고쳐야 한다며, 기술을 익히는 것보다 자세를 교정하는 데 훨씬 더 시간이 오래 걸린다고 하셨다. 차근차근 설명과 함께 한 명, 한 명 잘못된 폼을 잡아 주신 코치님 덕분에 우리는 덜 헤맬 수 있었다.

테니스를 치다 보면 아름다운 폼으로 탄성을 자아내게 하는 사람도 있지만, 간혹 족보 없는 스윙을 하는 사람도 만난다. 그런 사람은 대부분 레슨을 제대로 받지 않았거나 독학으로 배운 경우였다. 기본기를 익히지 않은 상태에서 게임만 하다 보니 잘못된 폼이 굳어져 습관이 된 것. 게다가 잘못된 폼이 지속되면 부상으로 이어질 수 있다. 오래 테니스를 치려면 그만큼 바른 폼이 중요하다. 폼을 바로잡을 때는 좋아하는 선수의 폼을 참고하는 것도 방법인데, 나를 포함한 주변 많은 사람이 라파엘 나달의 톱 스핀 포핸드를 따라 하려다가 봉산탈춤이 되고 만 부작용을 경험하기도 했다.

나는 레슨을 다시 받으며 폼에 좀 더 신경을 썼고, 코치님이 알려 준 걸 잊지 않기 위해 영상도 찍고 노트에 적어 가며 반복적으로 학습했다. 나는 독학보다는 코치님에게 꾸준히 레슨 받는 것이 잘 맞았다. 가끔 독학으로도 잘 치는 테니스인을 만나곤 하는데, 누가 봐도 잘 치는 정도의 실력이 되려면 보통 테니스인의 몇 배 이상 노력을 해야만 한다. 물론 좋은 코치님을 만나는 것도 장담할 순 없다. 다만 스스로 판단했을 때 인내심이 부족하고 혼자서 고난의 과정을 헤쳐 나가기 힘들다면, 독학보단 누군가의 가르침을 받는 게 나을 수 있다.

나는 나에게 맞는 코치님을 만나 개선된 폼으로 테니스를 칠 수 있게 되었고, 레슨의 재미도 알게 되었다. 레슨은 보통 개인 레슨과 그룹 레슨이 있는데, 자기에게 맞는 것으로 선택하면 된다. 여유가 있다면 둘 다 병행하면 좋고, 하나에만 집중하고 싶다면 개인 레슨으로 시작해 포핸드, 백핸드, 발리, 스매시까지 기술을 두루 섭렵한 후 실력이 비슷한 사람들과 그룹 레슨 받는 것을 추천한다.

나는 코치님이 그룹 레슨에서 알려 준 복식 경기를 할 때의 전술, 상황에 맞는 위치 등을 실제 경기에 적용하면서 테니스에 대한 이해도가 높아졌다. 전에는 단순히 강하게 치는 것에만 집중했다면 레슨 이후에는 그다음을 생각하면서 공을 치려고 노력하고 있다.

테니스 그림 그리는 '원리툰'입니다

 '원리툰'은 내 부캐 이름이다. 다니던 회사가 외국계라 '원리'라는 영어 이름을 사용했는데, 그림을 그리기 시작하면서 이름 '원리'에 만화를 뜻하는 '툰'을 붙여서 필명처럼 만들었다. 그림 그리기는 취미로 드로잉을 배우면서 부터 시작했는데, 2017년 유럽 여행을 가 그곳에서 머문 한 달 동안 매일 그림을 그렸다. 그게 계기가 되어 여행을 마치고 돌아온 후에도 그림을 그리며 디지털 드로잉으로까지 영역을 넓히게 되었다.

2019년 테니스를 시작한 후 지금은 그림과 테니스가 내 인생의 큰 부분이 되었다. 다니던 회사를 그만두고, 본격적으로 그림을 그리고 테니스 관련 일을 하며 본캐보다 부캐가 더 익숙한 사람이 된 것이다. 그동안은 주로 여행지에서의 풍경이나 영화 속 인물을 주제로 그림을 그렸다면, 테니스를 시작한 이후에는 자연스럽게 테니스와 관련된 그림을 그리기 시작했다. 처음엔 내가 좋아하는 선수들을 그렸고, 그림과 함께 선수에 대한 소개를 SNS에 올렸는데 놀랍게도 꽤 많은 사람이 관심을 보이며 댓글을 달아 주었다. 로저 페더러, 라파엘 나달, 노바크 조코비치 같은 세계적으로 유명한 선수뿐만 아니라 세계 랭킹 100위권의 하위 선수나 주니어 선수, 이미 은퇴한 레전드 선수들도 그리며 테니스 동호인들의 공감을 얻었다.

그러다가 테니스 레슨 받을 때 입을 용도로 당시 유행하던 커스텀 맨투맨을 만들게 되었다. 기본 맨투맨에 내가 그린 그림을 넣어 입고 다녔다. 어느 날 레슨이 끝나고 집에 가려고 하는데, 옆 코트에서 테니스

치던 분들이 내가 입은 옷이 예쁘다며 어디에서 살 수
있냐고 물었다. 예상치 못한 반응에 놀라 집으로 돌
아온 후 SNS에 맨투맨을 입고 찍은 사진을 올렸는
데, 사고 싶다는 댓글이 여러 개 달렸다. 밑져야 본전
이란 생각에 맨투맨을 판매하는 글을 올렸더니 무려
80명이 넘는 사람들이 구매 의사를 밝혔다. 이후에도
꾸준히 주문이 이어졌고, 우연한 기회에 커스텀 업체
로부터 제안받아 온라인 숍도 오픈하게 되었다. 취미

가 이제는 약간의 수익을 얻는 일로까지 발전하게 된 것이다.

테니스에서 영감을 얻어 그림을 그리고, 새로운 경험을 쌓으며 뿌듯함을 느꼈다. 나라는 자신을 알고 잠재력을 탐구할 수 있을 뿐만 아니라 좋아하는 걸 연결하고 확장하면서 시너지를 얻게 된 것이다. 이것이 테니스도 그림도 멈출 수 없는 이유다.

제주도에서
테니스 쳐 봤수깡

테니스를 시작하고 갖게 된 버킷 리스트 중 하나는 테니스 여행을 떠나는 것이었다. 여행지에서 테니스를 칠 수 있다면 얼마나 행복할까? 하지만 마음껏 테니스를 치려면 실력이 뒷받침되어야 하기에 고수가 되기 전까진 이룰 수 없는 일이라고 생각했다. 게다가 한동안 해외여행의 길이 막히면서 그 꿈은 마음속 한편에 고이 접어 보관해 뒀었다. 언젠가 꼭 라켓을 챙겨 해외로 여행을 떠나 모르는 사람들과 테니스를 치고 맥주를 마셔야지!

그런데 예상보다 그날이 빨리 찾아왔다. 해외는 아니지만 동생이 제주도로 일터를 옮기면서 제주도로 가족 여행을 가게 되었기 때문이다. 나는 곧장 제주도에 테니스 코트가 어디 있는지, 예약이 되는지 찾아보았다. 알아보니, 제주도는 대부분 인터넷으로 코트 예약이 불가능했고 코트가 있어도 제주도민만 예약을 할 수 있었다. 혹시나 게스트로 갈 수 있는 클럽이 있나 SNS를 살펴보다가 제주도에서 테니스 치는 친구를 발견했다. 속으로 환호를 지르며 그에게 무작정 메시지를 보냈다. 제주도에서 테니스 칠 곳을 소개해 줄 수 있느냐고. 다행히 여행 기간 중 시간이 맞으면 연락을 주겠다는 긍정적인 답변을 받았다.

부푼 마음을 안고 테니스 가방에 라켓과 테니스화를 챙겨 제주행 비행기에 올랐다. 엄마에게 잔소리를 듣긴 했지만, 테니스 가방을 메고 비행기를 타니 마치 선수가 되어 전지훈련을 떠나는 기분이었다. 제주도에 도착해 가족 여행 일정이 끝난 후 테니스를 치러 나가려는데 날씨가 심상치 않았다. 갑자기 먹구름이

몰려오며 비가 내리기 시작했다. 이렇게 내 꿈은 새드엔딩으로 끝나는 건가…. 다행히 테니스 코트로 향하는 사이 비가 멈췄다. 제주도 날씨는 변화무쌍하다던데 사실이었다.

나의 갑작스러운 메시지에도 친절하게 응해 준 분은 '클럽 엑시트' 멤버였다. 구성원이 30~40대로 이루어진 클럽 엑시트는 다른 지역에서 제주도를 방문해 테니스를 치고 싶을 때 비교적 어렵지 않게 게스트로 참여할 수 있는 곳이다. 멤버 모두가 고수였는데, 우리는 제주대 테니스 코트에 모여 단식과 복식 경기를 함께 했다. 클럽 엑시트 회장님은 친히 내가 만든 티셔츠를 입고 와 주셨고, 화기애애한 분위기 속에 단체 사진을 찍으며 그날의 추억을 남겼다.

다음 날도 나는 클럽 엑시트의 초대로 아침 일찍 연정 테니스장을 방문했다. 전날과 달리 해가 쨍쨍 내리쬐는 무더운 날씨였다. 작열하는 태양 아래에서 테니스도 치고, 얼파박(얼음+파워에이드+박카스)도 마시고, 아이스크림도 먹고! 진정한 휴가란 이런 게 아닐

까. 클럽 엑시트 멤버들의 환대 속에 내 첫 번째 버킷
리스트는 완벽하게 성공했다.

테니스를 치지 않는 가족들은 제주도까지 와 이른
아침부터 테니스 치러 가는 나를 어처구니없어했지만,
테니스를 시작한다면 아마 내 마음을 충분히 이해할
것이다. 여러분, 테니스가 이렇게 위험한 운동입니다!

테니스 패션에
진심인 남자

 농구를 하려면 농구공이, 수영을 하려면
수영복이 필요한 것처럼 테니스를 치려
면 테니스 라켓이 꼭 있어야 한다. 테니
스 라켓은 처음 레슨을 시작하면 보통 레슨장에서 대
여해 사용할 수 있어 바로 새 제품을 사기보다는 빌려
쓰다가 어느 정도 감이 왔을 때 나에게 맞는 라켓을
고르는 게 현명하다. 그래야 돈도 아낄 수 있고.

그런데 테니스를 치다 보면 새 라켓을 사기 위해 어
떻게든 이유를 만들어 내는 테니스인들을 종종 만난

다. 그들이 말하는 이유 중 가장 흔한 게 라켓 탓을 하는 것이다. 공이 안 맞으면 "라켓 때문이야"라고 하며 새것을 살 궁리만 하는 것이다. 실제로 꽤 많은 동호인이 라켓을 사는 데 돈 쓰는 것을 보았다. 한 자루에 30만 원이 넘는 라켓을 사 모으다 보면 테니스를 치기 위해 라켓을 사는 건지, 라켓을 사기 위해 테니스를 치는 건지 도무지 알 수 없다. 다른 사람들에 비해 라켓에 크게 관심이 없는 나도 지금까지 구매한 라켓을 세 보면 두 자릿수가 넘는다.

라켓 말고도 필요한 건 또 있다. 테니스화와 의류. 테니스 코트에 들어가려면 테니스화는 반드시 착용해야 하지만, 옷은 테니스 전문 의류를 입지 않아도 괜찮다. 처음엔 나도 축구 유니폼이나 일반 면 티셔츠를 입고 쳤는데, 테니스 선수들의 경기를 보기 시작하면서부터 달라졌다. 이상하게 테니스 치는 데 가장 중요한 라켓에는 욕심이 없는 반면, 의류나 테니스화를 사는 데는 돈이 아깝지 않았다. 특히 좋아하는 테니스 선수 중 하나인 라파엘 나달의 의류 라인을 좋아하

는데, 구하기가 어려워 기회가 될 때마다 직구를 통해 구매했다. 모자는 하나씩 구하다 보니 어느새 30여 개가 되었고, 같은 디자인의 제품을 색깔별로 가지고 있을 정도다.

남자 동호인들은 대부분 무채색 계열의 의류를 선호하지만 나는 핑크, 네온 보라와 같이 화려한 색상을 좋아한다. 나만의 개성이니 문제될 건 없지만 그러다 보니 아래위 색 조합을 위해 점점 더 많은 제품을 사야 하는 악순환에 빠져 버렸다. 평소에는 절대 입을 수 없는 화려한 색의 옷을 소화하면서 테니스장에선 가장 눈에 띄는 사람이 되었고, 매너 없는 행동을 할 수 없다는 장점 아닌 장점이 생겼다.

나만의 개성 있는 패션은 자신감을 불어넣어 주고 테니스 치는 또 다른 재미를 느끼게 해 준다. 그리고 테니스 옷은 골프 의류나 아웃도어에 비해 상대적으로 저렴한 편이다.

열심히 칠수록 아파요

대화에서 건강 이야기가 빠지지 않을 정도로 요즘 내 또래의 주된 관심사는 단연 '건강'이다. 어떤 영양제가 효과가 좋은지, 어떤 운동이 할 만한지 등 각자의 경험에 빗대 건강을 위한 방법들을 공유한다. 나 역시 테니스를 치는 이유가 재미있기 때문도 있지만 건강한 삶을 지속하기 위한 게 좀 더 크다.

그런데 테니스를 치고 있으면서도 '내가 지금 건강한 게 맞나' 의문이 들었다. 물론 테니스를 통해 기초

체력이 좋아지긴 했지만 일상에서 큰 변화를 느끼진 못했다. 게다가 코트 위에서 이리저리 뛰는 스타일이라 그런지 손목부터 발목까지 크고 작은 부상이 잦았다. 아이러니하게도 열심히 칠수록 아팠다. 목에 담이 걸려 몇 주 동안 고개를 움직일 수 없어 고생한 적도 있고, 어깨 통증으로 끙끙대며 고통 속에 밤을 보낸 적도 있다. 그리고 테니스인이라면 누구도 피해 갈 수 없다는 '테니스 엘보'로 한동안 고생했다.

팔꿈치 바깥쪽 힘줄에 통증이 생기는 외측상과염인 테니스 엘보는 일단 생기면 잘 낫지 않는다. 병원을 다니거나 휴식을 취해야만 그나마 나아진다. 엘보는 주로 손목을 사용하는 라켓 스포츠를 즐기는 사람들에게 자주 발생하는데, 스윙 시 손과 팔에 무리한 힘이 주어지면 팔꿈치 관절에 통증이 생기는 것이다(골프 엘보는 팔꿈치 안쪽 힘줄에 손상 혹은 염증이 생기는 걸 말하는데, 테니스 엘보와 증상은 비슷하지만 아픈 위치가 다르다).

테니스 엘보는 테니스인들에게는 반갑지 않은 손님

이자 가장 큰 적이다. 주변 테니스인들도 테니스 엘보를 한 번쯤은 경험했고, 그것으로 인해 운동을 그만두거나 재활 치료를 받고 있다. 물론 엘보의 고통을 참아 가며 테니스를 치는 사람도 있고, 다른 한쪽 팔로 전향해 테니스를 치는 테친자들도 있다.

이런 부상을 막으려면 가장 먼저 운동 시작 전 스트레칭으로 몸을 충분히 풀어야 하고, 평소 헬스나 맨몸 운동을 통해 근력을 키우는 게 좋다. 라켓 무게를 줄이거나 보호대를 착용하는 것도 방법이다. 이 모든 방법보다 가장 중요한 건, 아프면 당분간은 테니스 치기를 멈추고 쉬어야 한다는 것. 할아버지, 할머니가 될 때까지 오래오래 테니스를 치려면 안 아파야 한다. 아프면 결국 나만 손해다.

초보자를 위한 대회

최근 몇 년 사이 테니스가 선풍적인 인기를 끌면서 구력이 낮은 초보자들의 유입이 많아졌다. 그동안은 이런 초보자들을 위한 대회나 이벤트가 잘 없었는데, 테니스 인구가 늘어남에 따라 구력 2년, 3년 차들을 위한 대회가 우후죽순 생겨났다. 그러자 기존 대회와는 차별화된, 대회 참여 자체가 목적인 건전한 테니스 문화가 만들어졌다. 기존 대회가 고수들의 실력 뽐내기 자리였다면, 초보자 대회는 상금이 크진 않지만 참여하는 것만으로도 동기 부여가 되고, 실력 향상에도 도움이 된다.

나는 현재 나의 수준도 확인해 보고, 입상도 해 보고 싶어 대회에 나가 보기로 했다. 구력 3년 미만 초보자들이 나가는 대회 중에서도 참가 경쟁이 치열하기로 유명한 겟올라잇 대회에 참가했다. 대회는 주말 동안 이루어졌고, 토요일에는 혼합 복식에, 일요일에는 남자 복식에 출전했다.

대회가 열리는 경기도 구리 왕숙 테니스장은 아침부터 사람들로 가득했다. 현장 분위기에 압도되어 긴장감에 숨을 쉴 수가 없었다. 떨리는 마음을 가다듬기도 전에 첫 번째 경기가 시작되었다. 다행히 본선까지는 큰 위기 없이 오르며 무사히 4강에 안착했다. 그런데 4강에서 만난 상대는 외모에서 풍기는 포스부터 남달랐다. 처음 상대해 보는 스타일의 테니스를 선보였고, 그로 인해 멘털이 흔들리면서 그동안 하지 않았던 실수를 연발하며 결국엔 자멸하고 말았다. 상대의 도발에 그대로 말리며 힘 한 번 제대로 못 써 보고 3등으로 대회를 마감했다.

다음 날 치러진 남자 복식은 더욱 치열했다. 맞붙은 상대는 우리보다 실력이 더 우수한 팀이었고 매 순간 고비가 찾아왔다. 하지만 하늘이 도왔는지 극적으로 상대 팀을 이기고 또다시 4강에 진출했다. 그런데 대기 시간이 길어지면서 집중력이 흐트러졌고, 상대의 도발에 쉽게 넘어가며 경기를 지고 말았다.

대회 첫 출전인데도 이틀 연속 3위 입상이라는 좋은 성적을 거두었지만 아쉬움도 남았다. 중간중간 멘털이

무너진 게 화근이었다. 톱 클래스 선수들과 코치들이 테니스는 멘털 스포츠라고 강조한 이유를 비로소 알게 되었다.

이후에도 몇 번의 팀전과 이벤트 대회에 나가며 경험을 쌓았지만 아직까지 우승의 영광은 누리지 못하고 있다. 오히려 지금은 대회 출전보다는 레슨에 신경쓰며 실력 향상과 멘털 강화를 위해 수련 중이다. 흔들리지 않는 멘털과 실력으로 언젠가 테니스 대회의 다크호스로 떠오를 날을 기대하면서. 포기하지 말고, 이순부(만 60세 이상 참가하는 어르신 테니스 대회) 에이스가 되는 날까지 달려 보자!

치는 재미와 보는 재미

아마도 테니스 경기를 본 적 없는 사람은 테니스를 지루한 스포츠라고 생각할 수 있다. 그랜드 슬램의 경우 5세트까지 진행되어 다소 긴 시간이 걸리기도 하니까. 그러나 테니스를 즐겨 보는 사람이라면 테니스만큼 경기가 끝날 때까지 긴장을 늦출 수 없는 스포츠가 많지 않다는 걸 알 것이다. 나 또한 경기를 보기 전에는 서너 시간 동안 하나에 집중하는 게 불가능할 거라 생각했다. 그런데 막상 경기를 보기 시작하면 시간이 쏜살같이 지나갔다. 게다가 내가 좋아하는 선수의 경기를 보며 눈으로 배우는 것도 실력 향상에 꽤 도움이 되었다.

테니스 황제라 불리는 로저 페더러는 화려한 기술과 우아한 몸놀림으로 전 세계 테니스인들의 사랑을 받았는데, 그의 경기를 보면 한 편의 공연을 본 듯한 기분이 든다. 특히 페더러의 전성기인 2000년대 중후반 경기를 보면, 집중력을 잃지 않고 상대를 압도하며 포인트를 따내는 모습이 경이롭기까지 하다. 2017년 부상 복귀 후 제2의 전성기를 맞이한 페더러가 호주 오픈 결승에서 천적 라파엘 나달을 만나 엄청난 경기력을 보이며 우승하는데, 강력한 서브와 노련한 경기 운영은 타의 추종을 불허할 정도였다. 페더러의 경기를 본 사람이라면 누구나 페더러처럼 치고 싶어 하는데, 그래서인지 그 당시 테니스를 시작한 사람들은 십중팔구 원핸드 백핸드를 구사하려고 했다.

스페인 출신의 라파엘 나달 또한 페더러 못지않게 많은 팬을 보유한 선수다. 나달의 경기는 마치 투우 경기를 보는 것 같은데, 황소처럼 성난 나달의 근육만

큼이나 경기가 다이나믹하고 처절하다. 그는 상대가 질릴 정도로 경기마다 초인적인 방어력을 자랑하는데, 역대 리턴 1위에 빛나는 나달의 '우주 방어'는 경기를 보는 팬들의 피를 말리고 숨을 멎게 만들기에 충분했다.

그중 인상 깊었던 경기를 꼽으라면, 바로 2022년 호주 오픈 결승이 떠오른다. 나달은 러시아의 다닐 메드베데프에게 2:0으로 끌려가고 있었다. 모두가 나달의 패배를 예상했지만, 그는 극적인 역전 우승을 만들어 낸다. 끝까지 포기하지 않는 그의 모습은 그야말로 투혼 그 자체였다. 경기를 본 후 나달을 좋아하는 사람들은 테니스 칠 때 극단적으로 톱 스핀을 구사하거나 나시를 입는 등 나달 특유의 루틴을 따라 했다.

최근엔 스페인의 신성 카를로스 알카라즈의 영향으로, 그의 주특기인 드롭샷을 구사하는 테니스인이 많아졌다. 스트로크 하는 척하면서 상대 네트 가까이 공을 떨구는 기술이 드롭샷인데, 사실 이 기술은 초보자가 했을 땐 성공률이 매우 낮다.

테니스는 치는 것도 재밌지만 분명 보는 재미도 있다. 비시즌이 있는 축구나 야구와 달리 테니스는 거의 1년 내내 대회가 진행되기 때문에 매주 대회를 볼 수 있는 것도 큰 장점이다. 그랜드 슬램처럼 큰 대회는 텔레비전으로 볼 수 있고, 최근 테니스의 인기가 높아지면서 지상파에서도 주요 대회들을 중계해 주고 있다.

3장
스플릿 스텝과 발리

테니스를 좋아하는 마음으로

망원 테니스장의 명물 '롤망가로스'

 코로나19 시기 테니스장 예약을 두고 총성 없는 전쟁이 일어났다. 그런데 노트북, 핸드폰, 아이패드 등 온갖 기기를 이용해 예약 전쟁을 치르는 사람들과 달리 테니스장 연대관을 한 사람들은 계약 기간 동안 안정적으로 테니스를 칠 수 있었다. 매주 반복되는 예약에 지쳐 연대관 코트를 알아보던 중 망원 테니스장에 평일 저녁 시간 자리가 있다는 첩보를 듣고는 곧바로 연락해 계약에 성공했다.

연대관은 테니스장을 계약해 1년간 사용하는 것인데, 보통 대관비를 일시불로 납부해야 한다. 망원 테니스장 연대관도 6개월 치 금액을 한 번에 내야 해서 꽤 부담스러웠지만, 매주 정해진 시간에 테니스를 칠 수 있다는 달콤한 메리트를 거부할 수 없었다. 테니스장 난민에서 벗어나 클럽 멤버들과 함께 정해진 코트에서 평일 저녁 테니스 칠 생각에 취해 나는 덜컥 두 개의 코트를 잡고 말았다(돌이켜 보면 내 욕심이었다).

연대관을 시작하고 초반 얼마간은 참석률이 괜찮았는데, 시간이 지날수록 참여 인원이 점점 줄어들었다. 대관한 날이 월요일인 데다가 아무래도 위치가 망원 유수지 옆이다 보니 퇴근 후 이곳까지 오기가 쉽지 않았다. 클럽원들의 빈자리를 대신해 하는 수 없이 매주 게스트를 구해야 했다.

'절대로 코트를 비워 둘 수 없다'라는 사명감 하나로 게스트를 모집하고, 남들보다 먼저 테니스 코트에 도착해 라인도 긋고 대진표도 짜고, 가끔 음식도 주문해 함께 테니스 치는 사람들과 나눠 먹었다. 이런 나의 노력에도 겨울을 앞두고는 게스트조차 구하기가 어려웠다. 방법을 찾아야 했다. 나는 '롤망가로스'('망원의 롤랑가로스'라는 뜻이다)란 이름으로 SNS에 홍보를 시작했다. 다행히 점점 롤망가로스를 찾는 게스트가 많아졌다.

처음엔 왜 망원 테니스장을 연대관해서 이 고생을 하고 있나 후회도 했지만, 매주 새로운 게스트들을 만나면서 차곡차곡 내공이 쌓였다. 모임을 운영하는 방법도 배우고, 고수부터 초보자까지 다양한 테니스인과 공을 치며 실력도 늘었다.

참여한 게스트 가운데 기억에 남는 몇몇 분들이 있다. 외국에서 온 로저라는 친구는 한국어는 조금 서툴렀지만 알고 보니 엄청난 고수였다. 받기 힘든 슬라이스 서브 구사부터 노련한 경기 운영까지 나무랄 데가 없었다. 거의 매주 롤망가로스를 방문해 준 덕분에 그의 공을 받으며 나 역시 성장할 수 있었다.

그리고 부상으로 한동안 쉬다가 게스트로 온 50대 형님은 대단한 고수임에도 초보자들과 치는 데 전혀 불만 없이 응해 주셨다. 오히려 상대에 맞춰 주면서 젊은 사람들과 테니스를 칠 수 있어 좋다고 말씀하셨다. 실수해도 괜찮다고, 자신 있게 치라고 해 주실 때마다 큰 힘을 얻었다. 초보자랑 치는 게 시간 낭비라고 여기는 사람들을 많이 봐 와서 그런지, 그 모습이 참 멋있었다. '어른답다'는 꼭 그분을 두고 하는 말처럼 느껴졌다. 한 분, 두 분 그런 분들과의 만남이 롤망가로스를 운영하는 원동력이 되었다.

가을에 시작한 롤망가로스는 추운 겨울을 버티고 벚꽃이 흩날리는 봄이 되자 본격적으로 입소문을 타기 시작했다. 찾아 준 사람 중 실력과 인성을 두루 갖춘 분들을 가입시켰고, 6개월 후 운영을 종료했다.

그럴싸한 실력도, 아는 사람도 없는 초보자가 혼자서 코트 두 개를 운영하는 일이 누군가는 절대 할 수 없는 거라 했었다. 그러나 때론 방황이 어떤 목적지에 데려다 주기도 하듯, 힘든 과정을 견디고 6개월간 꾸준히 모임을 운영한 덕분에 지금의 나마스테 클럽을 유지할 수 있게 된 것 아닐까. 나에게는 그때의 경험이 무엇보다 값진 밑거름이 된 게 분명하다. 지금도 간혹 문제가 생기면 어떻게든 해결 방법을 찾고, 아무리 어려운 일이 있어도 절대 물러서지 않는다. 차근차근 나아가다 보면 없는 길도 열리기 마련이니까.

테니스를 좋아하며 벌어진 일

① 공중파 출연

"텔레비전에 내가 나왔으면~ 정말 좋겠네~ 정말 좋겠네~"

어릴 때 내 꿈은 텔레비전에 나오는 것이었다. 언젠가 꼭 유명한 사람이 되어 방송에 출연해 부모님을 기쁘게 해 드리고 싶었다. 그래서 공부도 운동도 열심히 했는데, 자라면서 그 꿈은 자연스레 잊혔다. 그저 평범한 직장인으로 살 뿐이었다. 그런 내가 두 번이나 방송에 출연하다니, 다시 떠올려 봐도 믿기지 않을 만큼 신기하다.

처음 SNS를 통해 방송 출연 섭외 연락이 왔을 때 당연히 사기라 생각했다. 요새 유행하는 피싱인가? 의심이 들어 메시지를 읽고도 무시했다. 그 이후에도 몇 번 메시지가 더 왔는데, 메시지를 보낸 사람은 자신을 SBS 작가라 소개했다. 기획한 방송 주제에 내가 어울리는 사람 같아서 연락했다고. 손해 볼 건 없을 것 같아 답장을 했고, 빠르게 미팅까지 이어졌다. 미팅 당일 반신반의하며 기다리는데 멀리서 낯선 사람들이 나에게 다가와 인사를 건넸다.

명함을 받아 보니 〈SBS 스페셜〉의 피디님과 작가님들이었다. 멍한 표정으로 앉아 있는 나에게, 직장을 다니면서 부캐로도 활동하는 2030을 주인공으로 한 방송을 계획 중이라며 친절하게 설명해 주셨다. 내가 방송에 나가면 재미있을까? 악플이 달리면 어떡하지? 고민도 잠시, 회사에 보고해야 하는 현실적인 문제 해결과 스스로 출연에 대한 확신이 들기까진 시간이 좀 더 필요했다. 다음 날 회사 담당자에게 방송 출연에 대한 의견을 물어 괜찮다는 답변을 들었지만, 선뜻 결정하기가 어려웠다. 지금까지 무탈하게 잘 살고 있었는데 괜히 흑역사를 만드는 건 아닐까 하는 걱정이 들어서였다. 하지만 살면서 언제, 공중파에, 그것도 주인공이 되어 출연하겠는가. 내 부캐를 알릴 수 있고, 테니스에 대한 관심에도 불을 지필 수 있는 좋은 기회일 거란 생각이 들었다. 약간의 고민 후 "못 먹어도 고"를 외치며 방송 출연을 수락했다.

방송 일정을 잡고 3일에 걸쳐 촬영이 진행되었다. 첫 촬영은 집에서 이뤄졌는데, 그동안 그렸던 그림도 보여 주고, 원리툰이란 부캐가 생긴 계기부터 테니스를 시작한 이유, 부캐로 인한 수익 창출에 대한 이야기까지 인터뷰를 진행했다. 두 번째는 테니스 치는 장면을 촬영했는데, 내가 운영하는 '나마스테 클럽' 모임에 제작진과 함께 방문했다. 가벼운 촬영이라 생각해서 사람들에게 미리 자세히 얘기하지 않았는데, 카메라가 여러 대 설치되고 인터뷰를 요청하자 몇몇 사람이 동요하기 시작했다. 평소 내 부캐에 대해 따로 말한 적이 없어서 누군가는 원리툰이 누구냐고 묻는

해프닝도 일어났다. 그래도 클럽 멤버들의 적극적인 협조로 인터뷰도, 테니스 경기 촬영도 순조롭게 이뤄졌다.

대망의 마지막 촬영은 드로잉 모임 멤버들과의 오프라인 정모에서 진행되었다. 꽤 오랜 기간 오픈 채팅방에서 방장으로 활동하며 오프라인 모임, '100일 100그림' 미션 등을 진행했다. 모임에는 직장을 다니며 취미로 그림을 그리는 아마추어 일러스트레이터부터 전문가까지 여럿이 있었고, 대부분 부캐를 갖고 있었다. 부캐로 그림을 그리는 일에 대한 각자의 의견도 들어 보고, 부캐가 본캐가 된 사람들의 경험담도 들을 수 있었다.

그렇게 촬영을 마치고 몇 개월 뒤, 드디어 방송 날이 되었다. 그날도 어김없이 테니스를 치고 있었는데, 끝나고 핸드폰을 보니 부재중 전화와 문자가 많이 와 있었다. 아들이 방송에 나왔다며 좋아해 주신 엄마와 지인들의 감상평과 응원의 메시지까지. 생방송을 놓치고도 용기가 나지 않아 방송을 보지 못했는데, 결국 방송국에서 소장용 DVD를 보내 와 그제야 방송을 보게 되었다. 영상 속 자주 웃고 있는 내 모습이 퍽 행복해 보였다. 좋아하는 걸 하고, 좋아하는 무언가를 함께하는 사람들이 있다는 게 정말 행운처럼 느껴졌다. 촬영 전까지는 많이 떨고 긴장했었는데 막상 방송을 보고 나니 출연하길 정말 잘했다는 생각이 들었다.

방송 출연 후 테니스 코트에서 나를 알아보는 사람이 꽤 있길래 '이러다가 진짜 유명해지면 어쩌지?' 걱정했지만, 유명세는 그리 오래가지 못했다. 그래도 원리툰이란 부캐 덕분에 평생의 꿈이었던 공중파 출연을 이뤄 뿌듯했다. 그러고 나서 한참이 지나 내가 테니스에 더 깊이 빠져 있을 때, KBS2 〈요즘 것들이 수상해〉라는 프로그램의 제작진으로부터 출연 제의를 받았다. '어른들은 이해할 수 없는 요즘 것들의 이야기를 들여다본다'는 취지의 프로그램으로, 마침 PD 중 한 분이 친한 형님의 아내여서 운 좋게 참여하게 되었다. 이 모든 게 그림과 테니스, 좋아하는 걸 놓지 않고 해 왔기에 가능했던 일 아닐까.

그랜드 슬램에서 총 열네 번이나 우승한 피트 샘프러스는 "나는 결코 한 경기를 이기려고 하지 않는다"며 "오직 한 포인트만을 얻기 위해 노력한다"라고 말했다. 나도 그렇다. 너무 멀리 보기보다는 한 걸음씩 최선을 다해 나아간다. 그림과 테니스를 좋아하며 소소하게 삶의 즐거움을 채우는 것이다.

프로필 그려 주는 남자

한동안 매일 테니스 선수를 한 명씩 그려 SNS에 업로드했다. 꾸준히 그림을 올리자 100명에 불과하던 팔로워 수가 점점 늘기 시작했다. 단순히 내가 좋아하는 선수를 소개할 목적으로 그림을 그렸는데, 관심 있게 봐 주는 사람이 많아지면서 더 많은 선수를 그리게 되었다.

보통 그림은 아이패드의 프로크리에이트 앱을 사용해 그린다. 선수의 특징적인 모습을 스케치하고 채색한 후 배경을 넣어 완성하면 선수의 계정을 태그해 올린다. 처음부터 선수들을 그려야겠다고 마음먹은 건 아니었지만, 테니스의 역사부터 흑백 텔레비전 시절 선수들까지 하나하나 공부하다 보니 테니스에 더 흥미가 생겼고, 그림으로나마 테니스를 좋아하는 사람들과 공유하고 싶었다. 그림을 그릴 땐 선수들의 경기를 보는 게 도움이 되었다. 경기 장면에서 선수의 특징이 가장 잘 드러나기 때문이다. 레전드 선수들의 예전 경기 영상이나 잘 알려지지 않은 선수들의 경기까지 두루두루 찾아본 것 같다.

그리고 그림을 올리면 고맙게도 선수가 내 그림에 반응해 주고 자신의 계정에 퍼 가기도 했다. 한번은 미국의 테니스 유망주인 J. J. 울프가 투어 데뷔 전, 그의 스폰서를 통해 그림을 요청해 와 울프의 모습을 그려 준 적이 있다. 그림이 마음에 들었는지, 울프는 누나에게 생일 선물로 주고 싶다며 그림을 그려 달라고 연락해 오기도 했다. 또 2017년 롤랑가로스 우승자인 옐레나 오스타펜코의 플레이를 좋아해 그녀의 그림을 자주 그려 올렸는데, 그때마다 고맙다는 메시지를 보

내 주었다. 2022년 코리아 오픈에 참여하기 위해 한국을 방문했을 땐 대회 주최 측의 도움으로 그림을 직접 전달하기도 했다.

꾸준히 그림을 그린 덕에 선수들뿐만 아니라 해외 테니스 팬들에게도 내 그림이 알려지기 시작했다. 기억에 남는 건, 유럽의 한 테니스 주니어 선수의 요청으로 그림을 그렸는데, 알고 보니 그가 꽤 많은 팔로

위를 보유한 인플루언서였던 것이다. 그의 계정에 올라온 그림을 보고 여러 국적의 주니어 선수들이 내게 메시지를 보내 자신도 그려 줄 수 있는지 물어보았다. 그들을 응원하는 마음으로 자는 시간도 줄여 가면서 그림을 그려 줬었는데, 감당할 수 없을 만큼 요청이 많아져 힘들었던 경험이 있다.

2019년부터 지금까지 약 500명이 넘는 선수를 그린 것 같다. 지금은 이전처럼 매일매일 그리진 못하지만, 그래도 내 가까이에는 늘 아이패드가 놓여 있다. 언제 어디서든 마음만 먹으면 그림을 그릴 준비가 되어 있는 것이다. 그리고 테니스 선수들을 그리며 알았다. 누구 하나 대단하지 않은 선수가 없다는 사실을. 선수들의 특색을 살려 겉모습만 표현했지만, 눈에 보이지 않아도 그들 모두에게는 공통점이 있다. 테니스에 진심이라는 것. 그건 선수가 아닌 나도 마찬가지다.

내가 좋아하는
테니스 선수

 좋아하는 선수가 누구냐는 질문을 받으면 무척 당황스럽다. 선수 한 명보다는 테니스 자체를 좋아해서 누구를 꼽기가 어렵기 때문이다. 각자 다른 매력을 지닌 선수들을 골고루 좋아하는 편이기도 하고.

1990년대 후반, 모두가 앤드리 애거시와 피트 샘프러스를 응원할 때 나는 상대적으로 주목받지 못했지만 잠재력을 지닌 선수들, 마이클 창, 패트릭 래프터, 팀 헨먼을 응원했다. 최연소 그랜드 슬램 챔피언으로,

거구들이 즐비한 ATP 투어에서 작은 체형으로도 대단한 성적을 거둔 마이클 창, 잘생긴 외모로도 유명했던 전 세계 랭킹 1위 패트릭 래프터, 영국의 자존심이었지만 그랜드 슬램 무대에서는 번번이 탈락의 고배를 마신 팀 헨먼. 본격적으로 테니스 경기를 보기 시작한 이후로는 로저 페더러, 라파엘 나달, 노바크 조코비치를 응원했고, 새롭게 떠오른 다닐 메드베데프, 스테파노스 치치파스, 알렉산더 즈베레프와 같은 넥센 세대의 등장에 환호했다.

특히 2018년 호주 오픈 때 우리나라 정현 선수의 4강 진출이 화제였는데, 당시 테니스를 치지 않던 나조차도 그의 경기를 다 챙겨 봤을 정도였다. 회사에서 점심시간마다 사람들이 모여 그에 대해 이야기했고, 노바크 조코비치를 이긴 경기에선 전성기 때의 조코비치를 연상하게 하는 완벽한 플레이로 기적을 이뤄 냈다. 비록 발바닥 부상으로 인해 로저 페더러와의 4강전에서 기권 패했지만, 정현 선수가 보여 준 플레이는 2002년 월드컵 4강에 비견될 정도로 역사에 남을 만한 퍼포먼스였다. 지금은 아쉽게도 긴 부상으로 인해 힘든 시기를 보내고 있지만, 모든 테니스인이 다시 한번 정현 선수의 화양연화를 기대하고 있다.

최근에는 2000년대생들의 활약이 돋보이는데, 대표적으로 카를로스 알카라즈, 얀니크 신네르, 홀게르 루네가 눈에 띈다. 스페인 태생의 알카라즈는 엄청난 공격력과 환상적인 드롭샷으로 세계 랭킹 1위까지 등극했고, 벌써 세 번의 그랜드 슬램 우승을 달성했다. 새로운 차세대 스타들의 등장은 더욱 재밌는 경기를 보장하고, 많은 사람이 경기를 보며 테니스에 빠져들게 하는 데 큰 역할을 하고 있다.

본론으로 돌아가 내가 가장 좋아하는 선수를 굳이 뽑자면, 라파엘 나달이다. 나달을 좋아하는 이유는 내가 추구하는 플레이를 펼쳐서도 있지만 불리한 상황에서도 절대 포기하지 않는 모습 때문이다. 2022년 호주 오픈을 예로 들면, 다닐 메드베데프와의 결승전에서 2:0으로 뒤지고 있는 상황에서 3세트 2:3 브레이크 위기에 몰리지만 포기하지 않고 끝까지 상대를 몰

Nadal's routine

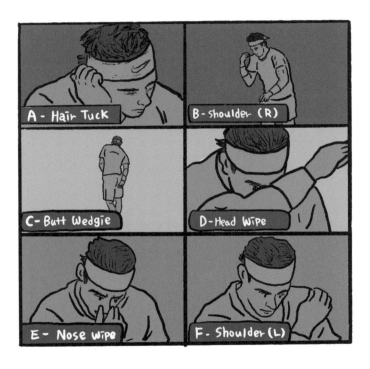

아붙이며 3:2로 극적인 역전승을 만들어 낸다. 팬들조차도 이 경기에서 나달이 패배할 거라 예상했지만, 약 7%의 승리 확률을 극복하며 두 번째 호주 오픈 우승이자 스물한 번째 그랜드 슬램 우승을 달성한다.

클레이 코트의 황제라 불리며 강력한 왼손 포핸드와 화려한 플레이를 자랑하는 나달이지만 그의 인생은 굴곡 그 자체였다. 선수 생활 내내 크고 작은 부상에 시달렸으며, 은퇴를 알린 올해도 1년 만에 복귀했지만 또다시 부상을 당해 호주 오픈에 참여하지 못했다.

대다수 전문가들은 나달이 데뷔한 2005년부터 그의 폼으로는 오랜 기간 선수 생활을 유지하기 어려울 거라며 전성기가 길지 않을 거로 예측했다. 그러나 나달은 매번 침체기를 극복하고 롤랑가로스 14회 챔피언, 무려 롤랑가로스 승률 97%로 믿을 수 없는 기록을 남기며 지금까지도 선수 생활을 유지하고 있다. 상대의 어떤 공도 다 받아 내기 위해 코트 위를 뛰고 또 뛰는 나달의 열정적인 플레이 스타일은 여전히 나에게 큰 영감을 준다.

테니스를 좋아하며 벌어진 일

② 브랜드 컬래버레이션

테니스 라켓보다 테니스화나 의류를 사는 데 쓰는 돈이 더 많을 정도로 나는 테니스 패션에 진심이다.

그런데 국내 매장에서 테니스 관련 제품을 찾는 건 서울에서 김 서방 찾기만큼 어려운 일이다. 그래서 사고 싶은 게 있으면 해외 사이트를 통해 직구를 해야만 한다. 그러다 우연한 기회에 직접 그린 그림을 티셔츠에 프린팅해서 입고 다녔는데, 이게 SNS를 통해 입소문을 타면서 판매까지 하게 되었다. 이 일을 계기로 꿈

같은 일이 벌어졌다. 스포츠 브랜드에서 컬래버레이션을 제안한 것이다.

내게 제안한 브랜드는 2018년 호주 오픈 4강에 오른 정현 선수를 협찬했던 곳이었다. 한동안 테니스 제품을 만들지 않았는데, 코로나19 이후 국내에서의 테니스 인기 상승에 힘입어 다시 테니스 라인을 부활시키기 위한 첫 단추로 나와의 컬래버레이션을 선택했다고 했다.

난생처음 해 보는 브랜드와의 협업은 모든 게 다 생소했지만, 담당자들의 적극적인 서포트와 배려로 무사히 진행되었다. 계약 시 강조되었던 '운동할 때 입을 수 있는 기능성 제품'으로 제작된 상품들의 테니스 캐릭터가 출시 전 품평회 때 임직원들에게 호평을 받았고, 이후 출시와 동시에 대형 패션 플랫폼에 입점되며 판매가 이루어졌다. 내가 속한 나마스테 클럽은 해당 브랜드의 연간 협찬처로 선정되어 컬래버레이션 제품을 가장 먼저 받아 볼 수 있었다.

내가 그린 그림이 들어간 옷을 입고 테니스를 즐기

는 사람들을 볼 때마다 가슴이 벅차올랐다. 너무 들뜬 나머지 모르는 사람인데도 먼저 다가가 말을 걸며 입고 계신 옷이 제가 그린 그림이라고 자랑을 할 정도였다.

절대 일어나지 않을 것 같은 일이 눈앞에 하나씩 펼쳐지는 신비로운 경험을 하며 테니스에 대한 내 마음은 더 굳건해졌다. 오래도록 이 좋은 걸 멈추지 말아야지, 하는 다짐과 함께 말이다.

최고의 라켓을 찾아라

 테니스 세계에는 나에게 맞는 라켓을 찾아 이 라켓, 저 라켓 구매하고 보는, 일명 '라켓병'이라는 불치병이 존재한다. 사실 '처음 사용한 라켓이 최고의 라켓'이라는 말이 있긴 하지만, 이런 믿기지 않는 말이 맞을 때도 있다는 걸 나는 한참이 지나서야 알았다.

여러 라켓 브랜드의 수많은 모델 중 나한테 딱 맞는 라켓을 찾기란 정말 어렵다. 이 라켓이 좋다고 권유받아 그것을 구매하더라도 나에게 맞을지 아닐지는 알

수 없다. 결국 나에게 맞는 라켓을 찾으려면 방법은 하나! 많이 사용해 봐야 한다.

증명된 바는 없지만, 테니스인들은 이상하리만큼 라켓에 의존한다. 테니스를 치다 실수하면 라켓을 빤히 쳐다본다거나 라켓 스트링을 주먹으로 툭툭 친다거나 하며 자신의 실수를 라켓 탓으로 돌린다. 프로 선수들조차도 경기가 잘 안 풀리면 라켓을 던지거나 부수는 경우가 있는 걸 보면 모두가 그런 모양이다. 게다가 라켓을 바꾸면 전보다 잘 맞는 느낌이 든다는 테니스인도 많다. 특히 다른 사람의 라켓을 빌려 썼을 때 평소 안 되던 백핸드나 발리가 잘 된다는 것이다. 그런데 그럴 때 섣불리 라켓을 바꾸면 안 된다. 그날 공이 잘 맞아서 라켓을 바꾸는 순간, 언제 그랬냐는 듯 잘 안 맞기 때문이다.

그러나 대부분 라켓병에 걸린 사람들은 같은 라켓을 여러 자루 사는 건 기본이고, 발매된 지 몇십 년이 지난 라켓을 구해 사용하기도 한다. 선수들처럼 라켓 가방에 라켓을 가득 넣어 다니는 동호인들 사이에서 라켓 한 자루만 들고 다니는 내 모습이 가끔 초라할 때도 있지만, 이미 경험해 본 나로서는 라켓 살 돈으로 차라리 레슨을 좀 더 받는 게 낫다고 생각한다.

라켓을 바꿔 실력도 나아지면 좋겠지만 라켓에 따라 들쭉날쭉한 것보다는 안정적인 실력을 유지하는 게 중요하지 않을까. 어쨌든 몇 번의 시행착오를 겪은 이후 나는 여러 라켓을 구매하기보다는 한 개의 라켓을 잘 사용할 수 있게끔 실력 키우기를 목표로 삼았다.

이제 한 라켓에 정착하고 싶은 마음이 들었을 때, 혜성같이 등장한 신인 카를로스 알카라즈가 사용하는 라켓이 눈에 들어왔다. 평소 높은 곳에서 공을 내려치는 플랫성 볼보다는 낮은 곳에서 위로 공을 쳐서 회전이 많이 되게 하는 톱 스핀 볼을 선호하는 나에게 잘 맞을 것 같아 시타를 해 본 후 구매했다. 테니스를 친 지 4년 만에 정착한 라켓이라니. 오래 사용하고 싶은 마음도 잠시, 그만 라켓을 잃어버리고 말았다. 테니스인이, 그것도 테니스장에서 라켓을 잃어버리다니….

아무리 찾아도 찾을 수 없고, 전 매장 품절 상태라

새 상품을 구할 수도 없어 단념했던 나의 라켓. 다행히 여자친구가 어렵게 새 제품을 구해줘서 지금까지도 잘 사용하고 있다. 영영 찾지 못할 줄 알았던 그 라켓은 5개월이 지나 테니스장 창고에서 발견되었고, 이름표가 붙어 있던 덕분에 다시 내 품으로 돌아올 수 있었다.

테니스를 좋아하며 벌어진 일
③ 센트레코트 가로수 오픈

테니스의 매력에 빠져서 매일 테니스 경기를 보며 그림을 그리던 시절, 함께 테니스를 치던 친구의 초대로 그가 운영하는 전기 자전거 매장을 방문하게 되었다. 매장 안 공간을 써도 된다는 말에 구석에 책상을 두고 원리툰 작업실로 사용하게 되었는데, 그게 '센트레코트 가로수'의 시작이 되었다.

코로나 기간, 테니스장 대부분이 문을 닫으면서 갈 곳 잃은 테니스인들은 방황하기 시작했다. 위기를 기회로 삼자는 생각에 나와 동호인 몇몇이 모여 가로수길 매장을 테니스인을 위한 사랑방으로 만들자고 의기투합했다. 이곳에 오는 모든 사람이 주인공이라고 느낄 수 있게 '센트레코트'란 이름을 붙였고, 자연스럽게 가로수길 매장은 '센트레코트 가로수'가 되었다('센트레코트'는 영국식 영어로 '센터 코트'를 의미한다. 가장 오래된 역사를 지닌 윔블던 대회의 메인 스타디움 이름이기도 하다).

내부 벽면에 그동안 그렸던 테니스 그림을 걸고, 대형 모니터에 테니스 중계를 종일 틀어놓았다. 따로 홍보하지 않았는데도 테니스에 목마른 사람들의 방문이 이어졌다. 그에 힘입어 우리는 이제 막 테니스에 입문한 테니스인들을 위해 테니스 박물관, 편집숍, 전시회 등을 기획해 선보였고, 다양한 아티스트와 테니스 동호인이 한자리에 모일 수 있는 공간으로 센트레코트 가로수를 꾸몄다. 안면도 없는데 SNS를 보고 본인의 추억이 담긴 소중한 테니스 기념품을 맡겨 주신 분, 라파엘 나달이 롤랑가로스에서 사용했던 라켓들을 미

니어처로 만든 희귀 소장품을 빌려주신 분 등 진심으로 테니스를 좋아하고 알리고 싶어 하는 분들의 도움이 있어 가능했다. 센트레코트 가로수는 동호인들에게 기부받은 테니스 용품을 전시하고, 테니스 브랜드도 입점시키면서 '테니스 복합 문화 공간'이란 이름에 걸맞은 모습이 되어 갔다.

센트레코트 가로수 방문자들에게 가장 인기가 많았던 프로그램은 '미니 테니스'였는데, 당근마켓에서 구매한 탁구대를 개조해 테니스 코트처럼 만들고, 미니 라켓으로 랠리를 해 보는 거였다. 운영자를 이기면 협찬받은 오렌지 주스를 선물로 드렸는데, 사람들의 승부욕을 불러일으키며 센트레코트 가로수의 명물로 자리 잡았다.

방문자 중에는 지방에서 온 분, 소중한 연차를 사용해 온 직장인, 테니스를 전혀 모르는데 지나가다가 들른 분, 30년 이상 테니스를 친 고수 등 여럿이 있었다. 모두가 테니스인들을 위한 공간이 있다는 사실만으로도 만족해하며 응원을 아끼지 않았다. 대구에서 온 한

가족은 그랜드 슬램 직관도 다녀올 정도로 테니스를 사랑하는 분들이었는데, 밤늦은 시간까지 테니스를 주제로 이야기를 나누었다. 이런 공간이 생겨서 너무나 기쁜 마음에 달려왔다는 말에 감동한 우리는 앞으로도 모두가 즐길 수 있는 테니스 문화를 계속해 만들자고 다짐했다.

동묘에서도 구하기 힘든 나무 라켓

'센트레코트 가로수'를 준비하면서 테니스 박물관을 만들고 싶다는 목표가 생겨 빈티지 라켓을 구하기 시작했다. 중고나라나 당근마켓을 통하면 빈티지 라켓쯤이야 쉽게 구할 수 있을 줄 알았는데, 웬걸 제대로 된 매물을 찾기가 힘들었다. 누군가가 동묘에 가면 빈티지 라켓을 구할 수 있다기에 수소문해 봤지만, 가격이 정말 말도 안 되는 수준이었다. 누가 봐도 상태가 엉망인 라켓을 20만 원에 사겠는가! 여러 곳을 돌아다녀 봐도 이미 높게 책정된 시장 가격 때문에 마음에 드는 라켓을 구하기가 어려웠다(알고 보니 최근 테니스의 급격한 인기로 카페와 레스토랑 등 실내 인테리어용으로 빈티지 라켓이 대유행이라고 했다). 라켓을 사는 건 포기해야 하나. 그때 마침 센트레코트 가로수를 함께 운영하던 동료가 처가에 다녀오면서 장인어른이 사용하시던 나무 라켓을 발견해 갖고 왔다.

테니스를 오래 친 사람이라면 분명 과거에 사용하던 라켓들을 보관하고 있을 법한데, 이야기를 들어보면 안타깝게도 그렇지 않았다. 대부분 이사 과정에서 분실하거나 낡아져 버리는 등 나름의 사정이 있었다. 우리나라 테니스 문화가 테니스를 치는 데 집중되어 있어 테니스 종목 자체에 대한 문화 보존이 잘 되어 있지 않다는 사실에 아쉬움이 남았다.

아카이브의 부재라는 또 하나의 과제를 안고 다시금 빈티지 라켓을 구하기 위한 여정에 돌입했다. 해외로 눈을 돌려 이베이를 통해 빈티지 라켓과 용품들을 찾아보니 신세계였다. 세상의 모든 라켓이 다 모여 있

었는데, 엄마가 쓰던 라켓부터 선수가 경기 중에 때려 부순 라켓까지 각각의 스토리 또한 완벽했다. 하지만 외국인의 추억이 담긴 라켓을 사서 국내에서 전시를 여는 게 의미가 있을지 의문이 들었다. 그 순간 테니스인들의 소장품을 모아 전시를 열면 어떨까 하는 생각이 번뜩였다. 나는 SNS에 자신이 소장한 테니스 아이템을 다른 테니스인들도 볼 수 있도록 전시하고 싶다는 글을 올렸다.

예상외였다. 많은 분이 집에만 두기 아까웠는데 누군가에게 보여 줄 수 있다면 정말 좋을 것 같다면서 무상으로 제품들을 대여해 주었다. 부모님이 사용하던 오래된 나무 라켓부터 윔블던 대회를 보러 가서 사 온 타월까지, 소중한 추억이 담긴 물건들이 차곡차곡 모였다. 그중 전주에서 보내온 나무 라켓과 빛바랜 사진 한 장이 기억에 남는다. 사진 속에는 아버지의 라켓을 들고 있는 어린 꼬마가 있었는데, 그 꼬마가 자라 자신의 과거 사진을 보내 준 것이다. 감사한 마음에 추억이 담긴 라켓을 그려 선물로 보내 드렸고, 나무 라켓을 처음 본 분들은 무척이나 신기해하며 좋아해 주었다.

전시 기간이 끝나고 라켓은 모두 주인에게 무사히 돌아갔다. 그분들의 도움 덕분에 테니스 역사에 대해 조금이나마 알릴 수 있어 뿌듯했고, 더 많은 테니스인에게 추억을 만들어 드릴 수 있어 보람찼다.

테니스는 혼자서는 칠 수 없는 운동이다. 혼자 잘한다고 해서 되는 운동도 아니다. 함께여야만, 한마음으로 합이 착 들어맞아야만 좋은 경기와 결과로 이어질 수 있다. 그런 테니스 정신이 이번 전시에도 영향을 미친 게 분명하다.

테니스 코트 위 빌런들

고담시에도 배트맨과 달리 평화를 위협하는 악당들이 있듯, 테니스장에도 평화로운 테니스인들을 위협하는 각양각색의 빌런이 존재한다. 나는 다행히 빌런보다는 대다수 좋은 분들을 만나 지금까지 즐겁게 테니스를 치고 있지만, 이따금 개념 없는 사람을 만나면 테니스에 대한 애정까지 줄어들고 만다.

피하는 게 상책인, 다시는 만나고 싶지 않은 몇 가지 유형의 빌런들을 소개한다.

훈장님 스타일

"잔소리는 왠지 모르게 기분 나쁜데, 충고는 더 기분 나빠요." 〈유 퀴즈 온 더 블록〉에 나왔던 초등학생이 한 말이다. 이 말을 곱씹어 보면 정말 맞는 말이라는 생각이 든다. 나보다 잘 치는 사람과 게임을 하면 상대가 나에게 잘못된 점이나 부족한 부분을 알려 주곤 하는데, 때때로 선을 넘는 경우가 있다. 본인이 코치가 아니면서 포핸드 스윙이 너무 크다, 서브 폼이 이상하다 등 훈수를 두는 것이다. 이럴 땐 확실히 듣기 싫다는 거부 의사를 밝히는 게 중요하다.

한번은 어렵게 코트를 잡아 테니스 친구와 함께 랠리를 하고 있는데, 웬 정체 모를 아저씨들이 갑자기 코트 안으로 들어왔다. 코트 아깝게 둘이 치지 말고 함께 치자며 마치 자기들 코트인 양 행동하는 것이다. 그때 단호하게 거절했어야 했는데, 그러지 못하고 게임을 함께 하게 되었다. 그런데 그들은 게임 내내 나와 친구에게 잔소리를 해댔다. 레슨을 받고 있냐는 둥 폼이 별로라는 둥 시간 날 때마다 자기한테 레슨을 받아 보라는 둥 얼토당토않은 제안을 했다. 참고 참다 인내심이 바닥난 나는 묵언으로 일관했다. 내가 반응이 없자 친구에게 다가가 서브를 봐 준다며 남은 시간 동안 계속 서브 연습을 시켰다. 그분들 실력이 월등했다면 가르침에 감사했겠지만 내가 보기엔 그렇지 않았다.

나는 나보다 구력이 낮은 사람과 치게 되었을 때 최대한 말조심을 하려고 노력한다. 내가 아무리 상대에게 도움이 되는 말을 해 준다고 생각해도, 상대가 잔소리라 느낀다면 그건 잔소리이기 때문이다.

그리고 상대에게 해 주고 싶은 말이 있다면 경기가 끝난 후 따로 이야기하는 게 맞다. 게임 중에 그런 말을 들으면 위축돼 잘 되던 것도 안 되게 되니, 선 넘는 충고라 생각되면 단호하게 끊는 게 필요하다. 다만 누가 봐도 잘못된 행동을 했다면 그건 조용히 얘기해 주어야 한다. 테니스 코트 안에서는 게임만! 조언은 코트 밖에서 하자.

모임 당일 말없이 안 오거나 늦는 사람

'새벽 테니스'의 호스트가 되면 가장 두려운 게 노쇼하는 사람들이다. 게스트 신청을 하고선 당일에 오지도 않고 연락도 없으면 호스트 입장에서는 매우 난감해진다. 특히 새벽이나 아침에는 게스트를 구하기 어렵기 때문에 그 한 명으로 인해 모두가 피해 보는 상황이 발생한다.

나도 한 번 게스트 노쇼를 했던 적이 있다. 모임 전날, 밤새워 일하고 잠이 들었는데 알람을 못 맞추는 바람에 시작 시간 이후에 잠에서 깬 것이다. 부랴부랴 연락해 거듭 사과했지만 지금까지도 미안한 마음이 남아 있다. 미리 대타를 구했어야 했는데 그러지 못한 나 자신을 반성하게 되는 계기가 되었다.

또 상습적으로 지각하는 사람도 피해야 할 빌런 유형인데, 신기하게도 한 번 늦은 사람은 보통 계속해서 늦는다. 시작이 8시라면 최소한 10분 전에 테니스 코트에 도착해야 여유가 있다. 너무 딱 맞게 도착하면 몸풀기 등 시간이 소요되어 제때 시작하지 못하므로 함께 운동하는 사람들에게 피해를 줄 수 있다. 혹시라도 늦을 것 같으면 반드시 호스트에게 미리 연락하고, 도착해서는 다른 사람들에게 지각한 것에 대해 사과하는 게 기본 매너다. 호스트든 게스트든 시간 약속을 잘 지키는 테니스인이 되자.

테니스 코트 위 4번 타자

야구장에서 칠 법한 홈런을 테니스 코트에서 치는 사람들이 있다. 흔히 구력 2년 이하에서 자주 볼 수 있는 거포형 동호인들인데, 몸에 힘이 바짝 들어간 채로 모든 공을 풀파워로 때리려 하는 게 특징이다. 가끔 운 좋게 공이 잘 맞으면 건방진 표정을 짓기도 하는데, 한두 번을 제외한 대부분의 공은 멀리 날아가거나 네트에 걸린다.

혼합 복식의 경우에는 문제가 더 심각하다. 전위에 나와 있는 상대를 향해 있는 힘껏 리턴을 날리기 때문에 발리가 미숙한 사람이라면 몸에 공이 맞을 수 있다. 힘이 실린 공을 맞으면 아프기도 아프지만, 자칫

하면 크게 다칠 수도 있어 위험하다. 특히 여성의 경우 남성이 강하게 친 공에 맞으면 전위로 나오는 것에 대한 트라우마가 생기기도 한다. 게다가 코트 위에 한 방을 노리는 거포형 동호인이 단 한 명만 있어도 랠리가 거의 이뤄지지 않아 재미가 줄어든다.

서브도 퍼스트 서브와 세컨드 서브를 모두 풀파워로 때리면 본인의 서브 게임이 더블 폴트로 끝나는 매직을 경험할 수 있다. 나도 초보 때는 모든 공을 다 세게 맞추려다 실수한 경험이 많은데, 테니스를 계속 치다 보니 세게 치는 것보다는 공이 원하는 곳에 갈 수 있도록 쳐 주는 게 진짜 실력이라는 걸 알았다. 야구에서 홈런은 박수받지만, 테니스에서 홈런은 깊은 탄식만 남길 뿐이다.

소리 없이 찾아온
포핸드 입스

입스Yips는 주로 야구에서 사용되는 용어인데, 압박감이 느껴지는 시합 등에서 불안이 증가하며 호흡이 빨라지고 근육이 경직되면서 평소 잘하던 동작도 제대로 못 하게 되는 현상을 뜻한다. 야구 경기를 보면 입스가 와서 송구 동작을 못 하는 야수나 투구를 제대로 못 하는 투수를 볼 수 있는데, 심리적인 문제이기 때문에 극복이 쉽지 않다.

나는 같은 클럽 동생과 함께 남자 복식 경기에 나갔

을 때 입스를 처음 경험했다. 오랜만에 나간 시합이라 그런지 경기 전부터 긴장이 심했다. 경기가 시작되자 심장 박동이 급격히 빨라졌고, 평소 잘되던 포핸드가 마음대로 되지 않았다. 팔로우 스윙이 끝까지 안 돼 공의 속도가 매우 떨어졌고, 자칫 라켓을 강하게 휘두르면 공이 코트 밖으로 나갈 것 같은 불안감에 포핸드를 제대로 치지 못한 채 경기에서 지고 말았다.

괜찮아질 줄 알았지만 대회가 끝난 이후에도 포핸드가 제대로 되지 않았다. 포핸드 치는 법을 모르는 것처럼 3개월 이상 방황을 계속했다. 도저히 혼자 힘으로 해결되지 않아 코치님께 고민을 털어놓았더니, 포핸드를 잘 친 적이 없는데 어떻게 입스가 올 수 있냐며 진실된 쓴소리를 해 주셨다.

그나마 유일하게 잘하던 게 포핸드라 고민이 이만저만 큰 게 아니었다. 나는 입스를 극복하기 위해 여러 솔루션을 시도하기 시작했다. 볼 머신도 쳐 보고, 한동안 게임도 쉬어 보고, 폼도 바꿔 봤지만 좀처럼 나아질 기미가 보이지 않았다. 답답한 마음이 들었으나 그럴수록 마음을 비우고 단순해지기로 했다. 나는 코치님의 도움을 받기로 결정하고, 개인 레슨을 등록했다. 처음처럼 몇 달간 포핸드만 익히면서 입스를 극복하기 위해 노력했다. 그립도 바꾸고, 안 되는 부분을 반복해 수정하다 보니 점차 나아지는 게 느껴졌다. 긴장보다는 할 수 있다는 자신감이 생긴 것이다. 그리고 곧 안정적으로 포핸드를 칠 수 있게 되었다. 입스를 이겨 낼 가장 좋은 방법은 역시 꾸준히 반복하는 것이었다.

2022
코리아 오픈의 추억

2022년은 한국의 테니스 동호인들에게 매우 상징적인 해였다. 국내 유일의 여자 프로 테니스 대회인 하나은행 코리아 오픈과 남자 프로 테니스 대회인 유진투자증권 코리아 오픈이 동시에 열렸기 때문이다. 국내에서 ATP 대회는 1996년 KAL컵을 마지막으로 자취를 감췄는데, 코로나19로 인해 중국 대회가 불발되자 ATP 250 대회인 청두 오픈을 우리나라가 임대해 서울에서 개최하게 된 것이다. 남녀 대회의 동시 개최는 높아진 테니스 인기에 불을 지폈다.

남자 대회는 세계적인 톱 랭커 선수들의 참여 기사로 인해 더욱 기대가 커졌다. 실제로 당시 세계 랭킹 2위 카스페르 루드, 세계 랭킹 8위 캐머런 노리, 세계 랭킹 12위 테일러 프리츠, 세계 랭킹 24위 데니스 샤포발로프 등이 참여했다. 우리나라에서도 국내 랭킹 1위 권순우 선수뿐만 아니라 정현 선수가 오랜만에 복귀 무대를 가지면서 테니스 팬들의 기대를 한 몸에 받았고, 기대주였던 정윤성 선수도 좋은 모습을 보여줬다.

코리아 오픈이 열린 올림픽공원에는 약 2주간 엄청난 인파가 몰렸고, 열기를 온몸으로 느낄 수 있었다. 기존 테니스 팬들은 새로운 테니스 인구 유입에 놀랐고, 새롭게 유입된 테니스인들은 국내에서 열리는 국제 대회를 통해 세계적인 선수들을 가까이서 볼 수 있음에 열광했다.

특히 여자 선수 중 2021년 US 오픈 우승자인 영국의 에마 라두카누의 방한은 과거 마리야 샤라포바의

방한에 비견될 정도로 큰 관심을 받았다. 라두카누가 한국에 방문하기 전 내가 그린 그림을 피드에 올려 준 일을 계기로 라두카누와 만날 수 있었는데, 그녀에게 사인도 받고 직접 그림을 선물로 전해 줄 수 있었다. 라두카누는 좋은 경기를 펼치며 승승장구했고, 4강전 에서 만난 2017년 코리아 오픈 우승자 옐레나 오스타 펜코에게 분패하며 대회를 마쳤다. 맹렬한 공격 스타 일의 오스타펜코는 매년 코리아 오픈에 참가하는 단 골손님인데, 덕분에 많은 국내 팬을 보유하고 있다. 나 또한 오스타펜코의 플레이 스타일을 좋아해 대회 기간 내내 마음속으로 그녀의 두 번째 우승을 응원했다.

여자 대회가 끝난 후 곧바로 열린 남자 대회에는 평 소보다 더 많은 관중이 모였다. 데니스 샤포발로프와 일본의 강자 니시오카가 붙은 결승 경기를 보기 위해 모인 사람들로 올림픽공원 센터 코트는 발 디딜 틈이 없었다. 나는 맨 꼭대기에서 감상했는데, 우리나라에 있는 테니스 팬들이 한곳에 다 모인 것 같았다. 니시 오카의 극적인 우승으로 대회는 막을 내렸고, 국내 테니스 인기를 다시 한번 실감할 수 있었다.

어쩌면 한국의 테니스는 지금이 과도기일지도 모른다. 국내에서의 테니스 인기가 이어지려면 앞으로 국제 대회 유치, 세계 무대에서 통할 선수 양성과 같은 테니스 저변 확대가 중요할 것이다. 테니스를 무한 애정하는 테니스인으로서 진심으로 우리나라 테니스가 발전의 길로 나아가길 바란다.

4장

스매시

기승전, 테니스

일본으로, 테니스 원정기

일본은 US 오픈 준우승자이자 세계 랭킹 4위에까지 오른 니시코리 케이를 배출한, 아시아를 대표하는 테니스 강국이다. 그만큼 일본에서 테니스는 인기 있는 스포츠의 하나로, 많은 테니스 클럽과 코트를 보유하고 있다.

일본의 테니스 문화를 경험해 보고 싶어서 후쿠오카 여행을 준비하며 테니스 코트를 찾다가 오호리 공원 주변에 있는 '더 클럽하우스'라는 테니스 숍을 알게 되었다. 잘 꾸며진 외관과 분위기가 인상 깊어 체

크해 두었는데, 마침 SNS를 통해 먼저 연락이 와 방문
할 수 있는지 물어봤다.

　더 클럽하우스를 방문했을 때 가장 먼저 타카타 씨
가 반갑게 맞아 주었다. 매장 운영자인 타카타 씨는
학창 시절부터 무려 30년 이상 테니스를 쳐 온 고수
중의 고수였는데, 일본은 대부분 어릴 때부터 테니스
를 시작한다고 했다. 일본의 2030 세대를 타깃으로
해서인지 매장은 젊고 트렌디한 분위기로 꾸며져 있
었다. 다만 현재 일본에서 테니스를 즐기는 연령이 대
부분 노령층이라 젊은 세대의 유입이 절실하다며, 우
리나라 2030 세대에 불고 있는 테니스 열풍에 관심을
보였다. 대화를 나누며 2시간쯤 흘렀을 때 타카타 씨
가 함께 저녁 운동을 하자고 제안했다. 테니스 칠 준
비가 전혀 되어 있지 않았지만, 타카타 씨의 도움으로
라켓과 테니스화 등 필요한 장비들을 빌릴 수 있었다.

　우리가 이동한 곳은 회원제로 운영되는 실내 코트
였는데, 그곳에 이미 도착해 몸을 풀고 있는 분들은
딱 봐도 일반 동호인들이 아닌 것 같았다. 한동안 랠

리를 주고받는 그들을 넋 놓고 바라보았다. 알고 보니 역시나 대부분이 선수 출신에다 구력도 15년 이상 된 분들이었다.

타카타 씨에 따르면, 일본의 젊은 세대는 어릴 때 테니스를 접하지만 취업하고 직장을 다니면서부터는 더 이상 테니스를 치지 않는다고 한다. 그들이 다시 테니스를 시작할 수 있도록 테니스 문화를 만들고 싶 다는 포부를 밝힌 타카타 씨와 이미 유입된 2030 세 대들이 이탈하지 않고 즐길 수 있는 테니스 문화를 만 들고 싶은 내 바람이 일치하며, 서로에게 도움을 줄 수 있는 방법을 찾기로 했다.

이 만남을 계기로 이후 더 클럽하우스에서 주최하 는 천연 잔디 코트 체험에 초대받게 되었다. 1975년 사가현에 설립된 아시아 유일의 'Grass Court Saga 테니스 클럽'은 무려 천연 잔디 코트 14개 면을 운영 하고 있었다. 이번 체험 프로그램에는 스페셜 게스트 로 일본의 테니스 인플루언서인 우노 마야도 참여했 다. 마야는 전에 서울에서 만나 함께 테니스도 치고,

한일 간 테니스 교류에 대해서도 꽤 깊은 이야기를 나눈 사이였다. 그녀는 도쿄에서 2030 여성을 대상으로 한 걸즈 테니스 클럽을 운영하고 있었고, 한국 젊은 세대들의 테니스 문화에도 큰 관심을 보였다.

함께 간 사가 테니스 코트 원정대원들은 도착하자마자 참가 신청을 하고 천연 잔디용 운동화를 받았다. 천연 잔디에서 공을 치다 보니, 윔블던 대회에서 선수들이 공을 슬라이스로 치는 빈도가 왜 높은지 알 것 같았다. 상대의 슬라이스 서브가 바로 앞에서 미끄러지면서 공을 받아 치기가 매우 까다로웠다. 평범한 서브도 천연 잔디 코트에서는 받기가 어려웠다. 그래서 윔블던 대회에서는 전통적으로 서브와 발리를 잘하는 선수가 유리했던 것이다.

한 예로, 통산 서브 에이스 1위로 유명한 미국의 존 이스너와 강한 서브력을 가진 프랑스의 니콜라스 마훗이 맞붙은 2010년 윔블던 대회 1회전은 무려 3일, 총 8시간 11분간 진행되며 역대 최장 시간 경기로 기록되었다. 그만큼 잔디 코트에선 서브에 강한 선수가 본인의 서브 게임을 지킬 확률이 높은 것이다. 로저 페더러가 윔블던에서 여덟 번의 우승을 차지할 수 있었던 이유도 그의 서브력이 좋았기 때문 아닐까.

오전 동안 적응을 마친 후 오후부터 본격적으로 팀을 나눠 친선 경기를 시작했다. 팀 안에 한국, 중국, 일본 등 여러 국적의 사람들이 포함되어 있어 국제 대회 느낌이 났다. 공의 바운드가 제멋대로라 랠리가 이어지기 어려웠지만, 윔블던에 출전한 선수가 된 것처럼 모두가 즐겁게 게임을 했다. 언젠가는 테니스 성지인 윔블던의 천연 잔디 코트를 밟을 수 있는 날이 오길 고대해 본다.

한국에는 왜
테니스 박물관이 없을까

 테니스 성지는 테니스의 시초인 라뽐므
가 시작된 프랑스일까, 아니면 현대 테
니스의 기틀을 만든 영국일까. 이런 궁
금증을 해결하려면 테니스 박물관을 찾아가 둘러보면
도움이 되는데, 4대 그랜드 슬램이 열리는 도시에는
그 유구한 역사와 규모를 대변하듯 테니스 박물관이
자리하고 있다. 크게 세 곳이다.

롤랑가로스 박물관

테니스 역사를 한눈에 볼 수 있는 다양한 테니스 용품과 예술 작품이 전시되어 있었으나, 안타깝게도 2016년 필립 샤트리에 경기장의 현대화 작업이 진행되면서 폐쇄되었다. 박물관이 있던 자리에는 롤랑가로스에서 열네 번 우승한 라파엘 나달의 동상이 세워져 있고, 롤랑가로스의 역사를 만든 이들의 조각상과 예술품을 계속해 선보이고 있다. 2024년에는 박물관 갤러리가 공개될 예정이다.

윔블던 론 테니스 박물관

1977년 대회 100주년을 기념해 개장한 이곳은 윔블던 센터 코트 옆에 있다. 테니스의 역사와 1860년에 개장한 론Lawn 코트 관련 자료가 전시되어 있으며, 과거에 사용했던 라켓과 의상 등 테니스의 변천사를 살펴볼 수 있다.

국제 테니스 명예의 전당

US 오픈이 열리는 미국을 대표하는 테니스 성지 중 하나다. 1954년 로드아일랜드 뉴포트에 설립된 이곳은 세계에서 가장 규모가 큰 테니스 박물관이다. 과거부터 현재까지 테니스 관련 자료들이 시대순으로 전시되어 있는데, 특히 미국 테니스의 역사가 잘 정리되어 있다. 또한 명예의 전당 역대 헌액자들에 대한 기록도 함께 볼 수 있다.

우리나라에서 테니스가 처음 시작된 건 1908년 대한제국 시절이었다. 서양 외교관들의 영향으로 탁지부 내 회동 구락부가 생기면서 테니스 코트를 만들고 테니스를 치기 시작한 것으로 알려져 있다. 본격적으로는 1953년 대한체육회에 대한테니스협회가 정식 가입하면서부터인데, 70년이 넘는 역사를 자랑하고 있지만 그 어디에서도 우리나라 테니스의 역사를 살펴볼 박물관이나 공간은 존재하지 않는다. 대한민국 테니스의 성지라 불리는 장충 장호 테니스장이나 매년 코리아 오픈이 열리는 올림픽공원 테니스장에서조차 그 역사를 찾아보기가 어렵다.

올림픽공원 테니스장은 테니스 여제인 독일의 슈테피 그라프 선수가 88 올림픽 테니스 여자 단식에서 금메달을 따며 '골든 그랜드 슬램'을 달성한 역사의 현장이다. 하지만 그와 관련된 정보는 작은 표지판이 전부다. 한 해 동안 4대 그랜드 슬램에서 우승하고 올림픽 금메달까지 따야 주어지는 '골든 그랜드 슬램'은 앞으로도 깨지기 힘든 엄청난 기록이다(2021년 노바크 조코비치는 3개의 그랜드 슬램에서 연달아 우승하고도 도쿄 올림픽에서 동메달에 그치며 '골든 그랜드 슬램' 달성에 실패했다). 우승 당시 기록과 보도자료, 선수들이 사용했던 라켓이나 의상 등 용품들을 모아 작게라도 기념관을 만들어 보관했다면 어땠을까 하는 아쉬움이 남는다.

우리나라에서도 이형택, 정현, 권순우 등 세계 무대에서 대한민국 테니스의 위상을 높인 선수들이 계속 등장하고 있다. 지금이라도 아카이브 해 온 자료들을 모아서 박물관을 만든다면 미래의 테니스인들에게 남겨 줄 레거시가 되지 않을까. 테니스의 인기는 점점 높아지는데 정작 우리나라 테니스 역사의 기록물이 제대로 관리, 활용되지 못하는 것이 테니스를 사랑하는 사람으로서 아쉬운 마음이 크다.

2023년 코리아 오픈 때 올림픽공원에서 전 대한테니스협회 회장님의 개인 소장품 전시회가 열렸는데, 그가 수십 년간 수집해 온 테니스 관련 예술 작품과 라켓 등을 무료로 볼 수 있었다. 인터넷으로도 찾아보기 어려운 진귀한 사진과 작품을 보니 신기했다. 앞으로도 이런 유의미한 일이 지속되길 바란다.

대회 기피증이
생겼다

바야흐로 동호인 테니스 대회 전성시대다. 요즘은 한국동호인테니스협회KATA, 한국테니스발전협의회KATO 대회뿐만 아니라 구력 제한이 있는 초보자 대회가 매주 열리고, 기업부터 개인까지 누구나 의지만 있으면 쉽게 대회를 열 수 있다. 이제 막 테니스에 입문한 초보자도 본인의 실력 확인을 위해 대회 참여가 쉬워진 것이다. 물론 인기 많은 대회에 참가하려면 치열한 신청 경쟁을 뚫어야 하지만.

대회가 많아지자 매주 새로운 입상자들이 등장하고, 어떤 대회에서 우승했는지가 실력 평가의 지표가 되었다. 이런 환경이 만들어지면서, 우승 경력이 미천한 나는 "원리툰 님은 대회 안 나가세요?"라는 질문을 받을 때마다 "저는 대회에 크게 관심이 없어서요"라고 무미건조하게 대답하며 화제를 빠르게 전환하곤 했다.

언제부터 대회에 관심이 끊겼을까. 타임라인을 거슬러 올라가 보면 3년 차가 되기 전까진 대회 출전에 적극적인 편이었다. 특히 코트 예약도 어려웠던 코로나19 시기에는 매주 열리는 소규모 대회에 참가하기 위해 SNS에 글이 올라오는 시간을 기다렸다가 쏜살같이 참여 댓글을 달곤 했었다. 운 좋게 선착순 안에 들면, 당시 서울에서 유일하게 운영되던 사설 테니스장에 모여 새벽까지 연습을 했다. 그 이후에도 같은 클럽 사람들과의 친목 목적으로 단체전에 종종 나가며 경험을 쌓곤 했다.

그런 내가 대회에 잘 나가지 않게 된 데는 이유가

있다. 입상을 위한 대회 출전을 지양하기 때문이다. 테니스를 치는 목적은 사람마다 다르다. 누군가는 재미를 위해, 누군가는 건강을 위해, 각자 다른 이유로 테니스에 입문한다. 별다른 이유 없이 시작했더라도 테니스 또한 스포츠이기 때문에 누구나 실력이 쌓이면 자연스럽게 그 정도를 확인하고 싶고, 다른 사람과의 경쟁을 통해 성취감을 얻고 싶어 한다. 그 방법으로 대회 출전을 선택하기도 하고.

하지만 이런 순수한 목적이 아니라 그저 입상만을 목표로 하는 순간, 대회 참가는 욕망을 채우려는 수단이 될 뿐이다. 온전히 테니스를 즐기는 데에는 도움이 되지 않는 것이다. 편법을 사용해 본인 실력 이상의 위치까지 올라간다면 내려오는 길은 롤러코스터보다 가파를 게 뻔하다.

실제로 입문자 대회의 모집 요강에 나와 있는 구력을 초과해 출전하는 비양심적인 참가자들이 적발되고 있고, 대회 경기에서 소위 고인물이라고 부르는 중수 이상의 몇몇 구력자의 라인 시비나 풋폴트 같은 비

매너 행위를 심심찮게 볼 수 있다. 여러 대회가 열리는 만큼 출전 선수에 대한 검증이 미비할 수밖에 없는데, 일부 몰지각한 동호인들이 그 빈틈을 노리고 수준 이하의 행동으로 사기를 떨어뜨리고 있다. 이런 특정 동호인들의 과열된 승부욕과 그릇된 스포츠 정신으로 인해 테니스를 정말 좋아하고, 즐기기 위해 대회에 참가한 동호인들이 오히려 기분이 상해 돌아오는 경우가 생기는 것이다.

나 또한 승패와 상관없이 즐거운 마음으로 대회에 참가했다가 비매너 행위를 일삼는 상대를 만난 적이 있다. 처음에는 더 열심히 노력해서 실력으로 이겨야겠다고 다짐했지만, 반복적으로 그런 경험을 하고부터는 대회 자체에 거리를 두는 것으로 마음이 굳어졌다.

대회에 나가고 아니고는 각자의 선택이지만, 참가해서는 스스로가 책임질 수 있는 행동을 해야 하지 않을까. 건강한 경쟁이 가능한 대회 문화가 만들어지면 그때 다시 대회에 나가고 싶다.

테니스를 좋아하며 벌어진 일

④ 노모어베이글스코어

나는 원래 9년 차 마케터였다. 법대를 졸업하고 평범한 직장인으로 살다가 뒤늦게 테니스의 매력에 빠지면서 전혀 다른 삶을 살게 된 것이다. 테니스를 좋아하다 보니 점점 관련된 일을 하고 싶어졌고, 비슷한 생각을 가진 동호인들과 아이디어를 모아 2020년 콘텐츠를 제작하는 크리에이티브 스튜디오 '노모어베이글스코어'를 만들게 되었다. 테니스에서 베이글 스코어는 6:0으로 끝나는 게임을 일컫는데, 이 경우 보통 한쪽이 압도적으로 우세해 무기력한 경기가 된다. 선수들과 달리 취미로 테니스를 즐기는 동호인들 사이에서는 승부도 좋지만, 신나고 재미있는 문화를 만들어 가고 싶은 마음이 모여 '노모어베이글스코어'가 탄생했다.

노모어베이글스코어는 브랜드 홍보와 판매를 위해 최선을 다했는데, 그중 하나가 바로 팝업스토어를 운영하는 것이었다. 특히 2022년은 팝업스토어 호황의 해였고, 좋은 기회로 현대백화점 판교점과 킨텍스점, 잠실 롯데월드몰, 강남 신세계백화점 등 다양한 공간에서 팝업스토어를 운영할 수 있었다.

첫 팝업스토어를 열 때만 해도 설치도 서툴고 공간 디스플레이도 어설펐다. 팝업스토어 설치는 백화점 업무가 종료된 이후, 즉 밤부터 시작해 새벽에 해가 뜰 때쯤 마무리된다. 대부분 브랜드는 전문 업체를 불러 설치하기 때문에 금방 끝나지만, 우리는 구성원이 3명뿐인 소규모 브랜드라 설치부터 판매, 철수 작업까지 도맡아 해야만 했다. 다행히 이제는 설치하고 철거하는 데에도 노하우가 생겨 속도가 빨라졌다.

보통 팝업스토어는 10~14일 정도 운영하는데, 테니스에 관심 있는 분들을 가까이에서 만나고, 그들의 기호를 파악할 수 있어 고되지만 늘 흥미로운 경험이다.

이후에도 여러 곳에서 제안을 받아 행사에 참여했는데, 특히 롯데월드몰에서 열린 테니스 팝업스토어는 역대 최대 규모로, 행사 기간 정말 많은 사람이 방문하며 최고 매출을 기록했다. 커피 한 잔 편히 마실 시간이 없을 정도로 정신없이 일하면서도 '행복이란 이런 건가'를 순간순간 느꼈고, 매일 저녁 일을 마치고 매출 순위를 확인하는 순간엔 짜릿함도 맛보았다. 테니스를 향한 나의 진정성이 팝업스토어를 찾은 분들께도 전해졌기를!

'귀뚜라미 미남 테니스' 클럽

서울에서 가장 좋은 테니스 코트는 내 기준, 단연 고척동에 위치한 '귀뚜라미 클린 테니스 코트'다. 1,400평 부지에 실내 코트 3면과 실외 코트 1면을 운영 중인데, 곧 실내 코트 8면을 추가로 오픈할 예정이라고 한다.

귀뚜라미 회장님의 테니스 사랑으로 만들어진 이곳은 한 번도 안 가 본 사람은 있어도 한 번만 가 본 사람은 없는, 그야말로 테니스인들의 꿈의 코트다. 특히 여름엔 시원하게 에어컨을, 겨울엔 따뜻하게 히터를 틀어 주는 것은 물론 귀뚜라미 보일러의 명성답게 샤워실에서는 1년 365일 내내 따뜻한 물이 펑펑 나온다.

나의 버킷리스트 중 하나도 이곳에서 연대관 클럽을 운영하는 것이었는데, 생각보다 기회가 빨리 찾아왔다. 회사를 그만두고 노모어베이글스코어를 운영하면서 평일 오전에 운동이 가능해졌고, 모임을 찾아다니다가 함께 운동할 멤버들을 만나게 되었다. 그렇게 '귀미테'가 탄생했다. '귀미테'는 '귀뚜라미 미남 테니스 클럽' 또는 '귀뚜라미 미소년 테니스단'의 줄인 말로 열정과 매력이 넘치는 5명의 테니스인으로 구성되어 있다.

귀미테에 소속된 사람들의 특징은 모두 테니스에 반쯤 미쳐 있다는 것이다. 멤버 중 한 형님은 가족이 잠든 새벽에 일어나 테니스를 치고 출근하고 있고, 중학교 선수 출신인 한 멤버는 매주 파주에서 테니스장이 있는 고척까지 기꺼이 달려온다. 가장 마지막에 가입한 멤버는 체육 선생님으로 약 1년간 몸이 좋지 않아 쉬다가 최근 복귀해 예전의 실력을 뽐내고 있다.

다들 본인의 소속 클럽이 따로 있지만 귀미테에서 진심을 다해 테니스를 치고 있다.

현재는 하나의 코트만 사용하고 있어 신규회원을 받기가 어렵지만, 대신 결원이 있을 때 게스트를 모집하고 있다. 테니스 코치, 신인부 입상자 등 귀미테를 찾아 준 귀한 게스트들 덕분에 나 역시 실력이 많이 늘었고 양질의 테니스 라이프를 즐기게 되었다.

올해는 모두가 신인부 입상을 목표로 구슬땀을 흘릴 예정이다.

대한민국 테니스 레전드와의 만남

 우리나라를 대표하는 테니스 레전드를 꼽으라면, 고민 없이 이형택 선수라 말한다. 현재 오리온 테니스단 감독을 맡고 있는 그는 강자들이 즐비했던 2000년대, 대한민국 테니스의 자존심을 세계에 보여 준 선수로, 늦은 나이에 ATP 투어에 데뷔하며 매년 꾸준한 성과를 거두었다.

2000년과 2007년 두 차례 US 오픈 16강에 진출하는 쾌거를 이뤄 냈고, 개인 최고 랭킹 36위까지 올랐다. 2003년 ATP 투어 아디다스컵 인터내셔널 남자 단식에서 수많은 톱 랭커들을 꺾고 우승하는 이변을 일으켰는데, 당시 그와 맞붙은 상대들은 세계 랭킹 29 위 니콜라스 라펜티, 세계 랭킹 10위 앤디 로딕, 세계 랭킹 5위 마라트 사핀, 결승에서 만난 세계 랭킹 4위 후안 카를로스 페레로였다. 세계 무대에 한국 테니스가 통하지 않을 거라는 편견을 깨부순 이형택 선수는 1998년 방콕 아시안게임과 2006년 도하 아시안게임 단체전에서 금메달을 목에 걸었고, 그뿐만 아니라 국가대항전인 데이비스컵에서도 국내 최다 우승 기록을 세웠다.

2009년 은퇴 이후에도 테니스 저변 확대에 힘쓰며, 유튜브 '[머드Lee] 이형택TV'와 방송 활동을 통해 다양한 모습을 보여 주고 있다. 특히 유튜브 채널을 통해 원포인트 레슨, 대회 운영 등 테니스 초보자를 위한 다양한 콘텐츠를 선보이고 있다. 초보자들이 직접 나가 배우고 싶어 하는 채널 중 하나일 정도로 인기가 많다.

이형택 감독님과의 첫 만남은 2022년 강남 신세계

백화점 팝업스토어에서였다. 노모어베이글스코어 팝업스토어 오픈 소식을 듣고 SNS를 통해 먼저 연락을 주시고 방문도 해 주셨다. 직접 오신다는 얘기를 듣고 그림을 그려 라켓 액자에 넣어 선물로 드렸는데 좋아해 주셔서 정말 뿌듯했다. 이후 코리아 오픈 대회 초대권도 선물로 주시고, 지금은 서로의 안부를 주고받는 사이가 되었다.

올해 초, 이천에 위치한 건국대학교 스포츠과학타운 테니스장에 이형택 감독님의 테니스 역사를 담은 아트웍이 포토존으로 꾸며졌다. 그곳을 찾은 테니스인들이 정현 선수와 권순우 선수 이전 세계 무대에서 대한민국 테니스의 저력을 알린 이형택 선수의 업적을 기억했으면 좋겠다.

비 올 때 볼 만한 테니스 영화

실외 코트에서 테니스를 치기 시작한 후로 비나 눈이 오면 가장 먼저 '오늘은 테니스 치기 글렀구나'라는 생각이 든다. 예전엔 빗소리에 어느 영화의 한 장면을 떠올리고, 분위기 있는 음악을 들을 만큼 꽤 낭만적인 사람이었는데….

굳은 날씨가 이어지거나 갑작스러운 일기 변화로 테니스를 못 치게 되었을 때 테니스인의 마음을 달래 줄 영화들을 소개한다.

〈윔블던〉

2005년에 개봉한 이 영화는 윔블던을 배경으로 젊은 남녀의 사랑 이야기를 담고 있다. 전 세계 언론의 주목을 받는 젊은 테니스 스타인 여주인공 리지와 은퇴를 앞둔 남주인공 피터. 운 좋게 와일드카드를 받아 윔블던에 참가하게 된 피터는 그곳에서 리지를 만나 사랑의 힘으로 예상 밖의 선전을 펼친다.

선수 경력 말년의 남주인공이 각성해 마지막 불꽃을 활활 태우며 맹활약한다는 뻔한 스토리지만, 윔블던 경기장을 배경으로 촬영한 세계 최초 영화라 의미가 있다. 심지어 피터의 결승전 장면은 실제 2003년 윔블던 결승전을 촬영한 것이라고 한다. 영화를 통해 간접적으로나마 윔블던을 체험해 볼 수 있어 영화를 좋아하는 테니스 팬 입장에서는 그야말로 '꿩 먹고 알 먹고'이다.

〈보리 vs 매켄로〉

1970년대 테니스를 지배한 스웨덴의 미남 테니스

선수 비외른 보리와 미국의 악동 존 매켄로의 1980년 윔블던 결승전을 다룬 영화다. 영화를 보면 위대한 두 선수를 연기한 배우들의 싱크로율에 한 번, 나무 라켓으로 테니스를 치는, 지금과는 사뭇 다른 모습에 두 번 놀란다. 제목만 보아도 알 수 있듯 이 영화는 테니스 경기보다는 전혀 상반된 두 선수의 내면 이야기에 더 집중하고 있다.

보리는 이미 윔블던 4연패를 달성하고 5연패를 코앞에 둔 상태였고, 도전자 매켄로는 사고뭉치 이미지의 자유분방한 선수로 보리의 우승을 가로막을 강력한 라이벌로 등장한다. 두 선수의 경기는 보리의 승리로 끝나지만, 테니스계의 명승부로 남아 지금까지도 회자되고 있다.

〈브레이킹 포인트〉

넷플릭스에서 가장 인상 깊게 본 테니스 다큐멘터리 〈브레이킹 포인트〉는 은퇴한 테니스 선수 마디 피쉬의 이야기다. 마디 피쉬는 앤디 로딕과 함께 활동한 미국의 테니스 선수로, US 오픈에서 우승하며 테니스 영웅으로 떠오른 로딕과 달리 선수 시절 내내 잠재력을 폭발시키지 못한 미완의 대기로 아쉬움을 남겼다.

그런 마디 피쉬가 어떤 계기를 통해 자기 잠재력을 끌어올리면서, 전에 없던 간절함과 투쟁심을 보이며 선수 생활 최고의 시즌을 보내게 된다. 기억에 남는 장면은, 마디 피쉬가 완벽하게 몸을 만들고 출전한 첫 대회에서 의외로 일방적으로 밀리며 1세트를 내주고 마는데, 이때 코트를 이동하며 그는 친분이 있던 상대 선수에게 심한 욕설을 내뱉으며 도발을 한다. 평소 유쾌한 모습의 피쉬였기에 현장에 있던 모두가 놀란 것은 물론 상대 선수 또한 평정심을 잃으며 경기는 피쉬의 승리로 끝난다.

그해, 단 8명만이 진출할 수 있는 ATP 투어 파이널에 올라간 피쉬는 미국 랭킹 1위가 되었고, US 오픈에서 세계 최강 로저 페더러를 상대로 맞는다. 그런데 경기 전 몸에 이상을 느낀 피쉬는 결국 경기를 기권하고, 후에 자신의 정신적 문제를 대중에게 공개한다. 이

일을 계기로 운동 선수들의 정신 건강 문제가 주목받게 된다.

다른 그 어떤 종목보다도 테니스는 멘털이 중요하다. 나도 테니스를 치면서 흔들리고 무너지고 다시 일어나고를 수없이 반복하며 스트레스를 받곤 했다. 어느 날은 잘 되던 게 갑자기 안 되자 이유를 알 수 없는 불안감에 휩싸여 테니스를 그만둘까 고민한 적도 많았다. 이 다큐를 본 뒤 내면 건강의 중요성이 다시금 와닿았다. 결국 중요한 건 어떤 상황에서도 흔들리지 않는 단단한 정신력을 기르는 것 아닐까.

테니스를 '인생의 축소판'이라고들 한다. 코트 안에서는 그 어떤 것도 예측 불가능하기 때문이다. 그렇더라도 매 순간 결정하고 결과를 받아들이며 분명 얻는 것들이 있다. 나는 테니스를 통해 건강한 삶은 물론 자기 격려의 힘, 자기효능감과 같은 긍정적인 면으로 나를 채울 수 있었다. 몸도 정신도 건강한 나로 살아가는 것만큼 중요한 건 없다.

그야말로
피 말리는 티켓팅

 테니스 팬이라면 누구나 그랜드 슬램이 열리는 곳에서 로저 페더러, 라파엘 나달, 노바크 조코비치 등 레전드 선수들의 경기를 직접 보는 게 꿈일 것이다. 나 역시 테니스에 빠지면서 버킷리스트 목록 가장 상단에 '4대 그랜드 슬램 직관'을 적어 두었다. 2022년 코리아 오픈을 통해 세계적인 선수들의 경기를 본 후 그랜드 슬램 직관을 향한 꿈은 더 커졌고, 로저 페더러의 은퇴 소식을 듣고는 좋아하는 선수들이 은퇴하기 전에 하루라도 빨리 직관 계획을 실행해야겠다고 결심했다.

4대 그랜드 슬램 중 내가 가장 좋아하는 대회는 파리에서 열리는 롤랑가로스다. 클레이 코트의 신이라 불리는 라파엘 나달의 안방으로 일컬어지는 대회. 5월에 롤랑가로스가 열리는 파리를 가기 위해서는 먼저 대회 티켓 예매가 필수다. 그랜드 슬램 티켓팅은 난이도가 높은 편인데, 롤랑가로스도 대회 전에 온라인 예매에 성공해야 경기를 볼 수 있다.

티켓 예매 오픈 당일. 노트북, 핸드폰 등 끌어모을 수 있는 모든 기기를 총동원해 현지 시각에 맞춰 예매에 도전했다. 역시나 시작과 동시에 대기 번호가 수십만 번 대로 밀려났다(이때 절대 새로고침을 해서는 안 된다. 그러면 리셋되며 순번이 더 뒤로 밀린다. 답답해도 기다리는 게 답이다). 롤랑가로스에 갈 운명이 아닌가 하며 포기하려던 찰나 운 좋게 접속되어 예매에 성공했다.

그다음부터는 예상외로 탄탄대로였다. 나는 그라운드 티켓뿐만 아니라 센터 코트인 필립 샤트리에, 두 번째로 큰 스타디움인 수잔 렝글렌 코트 예약에 성공하며 본선 2라운드부터 결승전까지 대부분의 티켓을 구했다. 예매에 도전한 주변 지인 대부분이 사이트에 접속도 못 하고 포기할 정도로 치열했던 티켓팅. 가기도 전에 이 무슨 고생인가. 그래도 무조건 가야 한다는 집념 때문에 하늘도 내 편을 들어 준 게 아닐까. 이제 기쁜 마음으로 출국 날을 기다리기만 하면 되는 것이다.

2023
롤랑가로스 직관기

생애 두 번째 파리 여행이었지만, 대부분의 일정이 롤랑가로스 대회에 맞춰져 있어 특별히 준비할 건 없었다. 처음 파리를 방문한 7년 전과 다른 점이라면 여행 가방에 테니스 라켓이 추가된 것뿐이었다(파리에 간 김에 기회가 된다면 현지에서 테니스를 쳐 보고 싶었다).

14시간 비행 끝에 드디어 샤를 드골 공항 도착! 도시 곳곳 전광판에는 롤랑가로스 광고가 보였고, 그제야 파리에 온 것이 실감이 났다.

롤랑가로스 스타디움 입성!

경기 당일, 지하철을 타고 롤랑가로스 스타디움과 가까운 Porte d'Auteuil 역에 내렸다. 방향을 몰라 방황할 때 안내원의 도움으로 15분 정도 걷다 보니 Stade Roland-Garros가 보였다. 입구부터 수많은 사람이 경기장을 배회하며 북적거렸다. 입장 전 소지품 검사를 한 후 티켓 QR 코드를 찍고 경기장 안으로 들어갔다.

바로 정면에는 롤랑가로스의 센터 코트인 필립 샤트리에가 보였고, 엄청난 규모에 입이 떡 벌어졌다. 약 15,000명을 수용할 수 있는 이곳은 2020년에 개폐식 지붕이 설치되어 우천 시에도 경기 진행이 가능하다. 야외 코트에서는 선수들의 연습이 한창이었고, 필립 샤트리에에서는 야닉 노아의 공연이 열리고 있었다(2023년은 야닉 노아의 롤랑가로스 우승 40주년을 맞아 좀 더 특별하게 자선 행사가 열렸다). 야닉 노아는 프랑스 국적의 흑인으로, 1983년 스웨덴의 매츠 빌란더를 이기고 우승컵을 들어 올리며 롤랑가로스에서

우승한 마지막 프랑스인으로 지금까지도 자국민들의 사랑을 받고 있다.

두 번째 큰 스타디움인 수잔 렝글렌에 들어서자 세계 랭킹 1위 노바크 조코비치가 훈련 중이었다. 그를 실제로 보다니! 경기 영상에서 보던 것보다 발의 움직임이 훨씬 빠르고 유연했다. 연습이 끝나고 커다란 경기장을 돌며 팬들에게 사인해 주는 모습을 보며 레전드의 품격이란 이런 거구나 하는 생각이 들었다.

조코비치의 연습이 끝난 후 차기 테니스 황제를 꿈꾸며 인기몰이 중인 카를로스 알카라즈가 등장하자 관중들이 환호하기 시작했다. 확실히 페더러, 나달, 조코비치의 뒤를 잇는 차세대 유망주답게 알카라즈의 샷은 예리하면서도 강력했다. 나달이 불참한 이번 롤랑가로스에서 조코비치와 함께 우승 후보로 뽑힐 만한 실력이었다. 비록 라파엘 나달을 볼 수 없어 속상했지만, 카를로스 알카라즈, 야닉 시너, 홀게르 루네 등 차세대 스타들을 보는 걸로 아쉬움을 달랬다. 또 2022년 코리아 오픈에서 봤던 옐레나 오스타펜코의

연습 경기도 볼 수 있었는데, 눈앞에서 본 그녀의 파워
풀한 스트로크는 정말 대단했다. 다시 한번 롤랑가로
스에서 좋은 성적을 거두기를 마음속으로 응원했다.

마이클 창과의 만남

롤랑가로스 야외 경기장에서 내리쬐는 햇살을 피
해 쉬고 있는데, 웬 꼬맹이와 아저씨가 비어 있는 코
트에서 랠리를 주고받는 게 보였다. 일반인은 들어갈
수 없는 곳이라 진행요원에 의해 제지될 거라 예상했
는데, 누구의 방해도 받지 않고 즐거운 시간을 보내는
걸 보고 조금씩 관심이 가기 시작했다.

이상하게 낯익은 얼굴 같았는데, 불현듯 1989년 롤
랑가로스 챔피언인 마이클 창이 떠올랐다. '설마 아니
겠지' 하며 주변을 살펴보니 아이 3명이 보였다. 언젠
가 기사에서 마이클 창의 자녀가 셋이라는 걸 읽은 기
억이 떠오르면서 '그가 맞다'라는 확신이 들었다. 나
는 딸과의 랠리가 끝나길 기다렸다가 쉬고 있는 마이
클 창에게 용기 내 다가갔다. 당신의 팬이라고 인사를

건네며 함께 사진을 찍어도 되는지 정중히 물었다. 그는 흔쾌히 사진을 찍어 주었다.

1989년 롤랑가로스에서 혜성처럼 등장한 마이클 창. 그는 이미 주니어 시절 피트 샘프러스, 짐 쿠리어, 앤드리 애거시와 같은 쟁쟁한 선수들과 함께 미국을 대표하는 유망주로 인정받으며 프로에 데뷔했고, 대회 16강에서 강력한 우승 후보 이반 렌들을 만나 정신력으로 버티며 승리를 거둔 다음, 결국 결승에서 스웨덴의 스테판 애드버리를 꺾고 역대 최연소 그랜드 슬램 우승을 차지했다. 커리어 통산 한 번의 그랜드 슬램 우승과 세 번의 준우승, 그리고 34개의 타이틀을 거머쥐며 2008년 명예의 전당에 입성한 레전드 선수! 마이클 창이 세운 '최연소 그랜드 슬램 우승자'라는 타이틀은 지금껏 깨지지 않은 기록으로 남아 있다.

한여름 밤의 테니스 축제, 나이트 세션

롤랑가로스의 메인 스타디움인 필립 샤트리에는 데이 세션과 나이트 세션으로 티켓을 나누어 판매한다.

데이 세션은 오전과 오후에 경기가 배정되고, 보통 세 경기를 볼 수 있다. 나이트 세션은 저녁에 진행되는 경기로 보통 남녀 경기 중 메인 경기가 배정되는데, 단 한 경기만 볼 수 있다.

나이트 세션은 저녁 7시에 시작되며 정해진 시간 이후에만 입장이 가능하다. 그래서 낮에 그라운드 티켓이나 데이 세션 티켓으로 입장한 경우 퇴장했다가 나이트 세션 티켓을 발권해 재입장해야 한다. 나이트 세션 경기를 볼 때는 새벽까지 경기가 진행되므로 추위에 대비해 가벼운 점퍼나 바람막이 등을 준비하는 게 좋다.

운 좋게도 나는 가장 강력한 우승 후보로 꼽히는 카를로스 알카라즈와 2021년 롤랑가로스 준우승자인 그리스의 괴인 스테파노스 치치파스의 경기를 볼 수 있었다. 붉은 앙투카 코트 위에 알카라즈가 등장하자 사람들은 열광했고, 경기장 곳곳 스페인 국기를 흔드는 관중들과 테니스 팬들의 모습에 나도 가슴이 웅장해졌다. 그다음 등장한 치치파스. 강력한 서브와 전위 플레이까지 올라운드 플레이어인 그는 클레이 코트에서도 꽤 강한 모습을 보이는 선수여서 둘의 경기가 기대되었다.

경기가 시작되고, 굉장히 빠른 템포로 랠리가 진행되었다. 초반부터 밀어붙이는 알카라즈에 맞서 치치파스도 전략적으로 임했지만, 알카라즈의 주특기인 드롭샷이 터지면서 경기의 주도권은 알카라즈 쪽으로 넘어갔다. 2:0 상황에서 맞이한 3세트. 관중들의 응원에 치치파스도 힘을 내는 듯했지만, 결국엔 알카라즈가 마지막 매치포인트를 성공시키며 경기는 3:0으로 끝났다. 박진감 넘치는 경기를 기대했지만, 원사이드 경기로 끝난 나이트 세션. 그래도 세계적인 선수들의 경기를 볼 수 있어 의미 있는 시간이었다.

이후로도 나는 롤랑가로스 스타디움을 몇 번 오갔다. 사바렌카와 무호바의 여자 준결승 경기 역시 흥미로웠다. 파워풀한 서브와 포핸드가 주특기인 사바렌카에 대항하는 무호바의 경쾌한 스피드와 페더러를 연상시키는 슬라이스. 치열한 경기 끝에 결국 무호바가 사바렌카를 무너뜨리고 결승에 진출했다. 그녀에게 있어 이번 승리가 의미 있는 건 롤랑가로스에서의 첫 결승 진출이었기 때문이다. 나는 무호바 선수의 승리를 진심으로 응원했다. 아마도 그녀가 코리아 오픈 우승자여서 그런지도 모르겠지만.

마지막으로 롤랑가로스 대회 참관 꿀팁을 공개하자면, 대회 16강 이후부터는 대부분의 선수가 짐을 싸서 돌아가기 때문에 선수들의 연습 경기를 보거나 사인을 받으려면 대회 초반에 가는 걸 추천한다. 그래야 대회 분위기를 온전히 느낄 수 있고, 선수들도 조금은 여유롭게 사인이나 사진 요청에 응해 준다. 또한 그라운드 티켓만 있어도 대회 중간중간 야외 코트에서 연습하는 선수들의 모습을 비교적 가까운 거리에서 볼 수 있다.

테니스
레전드 선수들

부록

로드 레이버
(Rod Laver, 1938~)

호주의 전설적인 선수로, 1962년과 1969년 두 차례나 '캘린더 이어 그랜드 슬램'(한 해에 4대 그랜드 슬램에서 모두 우승하는 것)을 달성했다. 현재까지도 남자부에서는 이 기록이 깨지지 않고 있다. 1981년 국제 테니스 명예의 전당에 입성했고, 그의 이름을 따 호주 오픈의 센터 코트 이름을 '로드 레이버 아레나'로 명명했다.

비외른 보리

(Björn Borg, 1956~)

1970년대 테니스를 지배한 비외른 보리는 스웨덴 출신으로, 짧은 선수 생활에도 프랑스 오픈 6회, 윔블던 5회, 총 열한 번의 그랜드 슬램 우승을 차지했다. 당시 호주 오픈에는 거의 참가하지 않고 거둔 성적이란 게 놀랍다.

마이클 창 이전, 18세로 프랑스 오픈에서 최연소 우승을 이룬 보리는 미국의 존 매켄로와 라이벌 구도를 형성하며 엄청난 인기를 누렸지만, 26세에 은퇴하고 본인의 이름을 딴 브랜드를 론칭했다.

2017년, 윔블던 5연패를 노린 보리와 미국의 악동 매켄로가 맞붙은 1980년 윔블던 결승전을 다룬 영화 〈보리 vs 매켄로〉가 개봉했다.

피트 샘프러스

(Pete Sampras, 1971~)

강력한 서브와 덩크 스매시로 윔블던에서만 일곱 번 우승을 차지하며, 로저 페더러가 등장하기 전까지 열네 번의 그랜드 슬램 우승을 이룬, 테니스 황제로 군림했던 선수다. 라이벌 앤드리 애거시와 함께 1990년대를 지배하며 미국 테니스의 부흥을 이끈 샘프러스는 2002년 US 오픈 결승에서 애거시를 이기고 그랜드 슬램을 달성한 후 은퇴했다. 단, 롤랑가로스 최고 성적이 4강 진출에 그칠 정도로 클레이 코트에서는 약한 모습을 보였다.

로저 페더러
(Roger Federer, 1981~)

스위스에서 태어난 로저 페더러는 스무 번의 그랜드 슬램 우승을 포함해 총 백세 번의 단식 대회 우승, 무려 237주 연속 세계 랭킹 1위라는 기록을 달성했다. 라파엘 나달, 노바크 조코비치와 함께 가장 유명한 테니스 선수 Big 3로 불린다. 특히 나달과 조코비치가 등장하기 전까지는 독보적인 기량으로 그랜드 슬램 우승을 휩쓸며 페더러 열풍을 일으켰다. 현재 많은 동호인이 페더러의 영향으로 원핸드 백핸드를 구사하는 건 부정할 수 없는 사실이다.

강력한 서브와 포핸드 발리까지 올라운드 플레이어로 잔디 코트에서 강한 모습을 보이며, 윔블던에서 8회 우승이라는 금자탑을 쌓았다. 선수 말년, 나이키에서 유니클로로 스폰서를 변경하며 천문학적인 수익을 거둔 페더러는 2022년 레이버컵을 마지막으로 화려했던 선수 생활을 마치고 제2의 삶을 살고 있다.

라파엘 나달
(Rafael Nadal, 1986~)

스페인 마요르카 출신인 라파엘 나달은 본래 오른손잡이였지만 삼촌이자 코치였던 토니 나달의 권유로 왼손을 사용하기 시작했다. 강력한 톱 스핀과 황소 같은 체력을 바탕으로 '우주 방어'라 불리는 엄청난 코트 장악력을 선보이며, 특히 클레이 코트에서 압도적인 지배력을 보였다. 2005년 첫 우승을 시작으로 롤랑가로스에서 열네 번이나 우승했고, 112승 3패라는 전무후무한 기록을 남기며 자타공인 '흙신'임을 증명했다.

스물두 번의 그랜드 슬램 우승과 2개의 올림픽 금메달 등 수많은 기록을 남긴 나달은 강한 정신력을 지닌 선수로도 유명한데, 선수 시절 내내 본인을 괴롭힌 부상을 극복해 내며 복귀 후 다시 정상에 오르는 인간 승리의 모습을 보여 줬다.

노바크 조코비치
(Novak Djokovic, 1987~)

세르비아 출신의 노바크 조코비치는 스물네 번 그랜드 슬램에서 우승하며, 여자부 마거릿 코트와 함께 역대 최다 메이저 대회 우승자로 기록되어 있다.

강력한 백핸드가 강점이며, 긴 랠리 싸움에서 어지간하면 지는 법이 없을 정도로 무결점 플레이를 펼친다. Big 3 중 가장 늦게 전성기를 맞이했지만 2010~2020년대를 장악하며 테니스 기록을 경신 중이다. 역대 최고령 세계 랭킹 1위, 누적 세계 랭킹 1위 기간 420주로 남녀 통틀어 최장기간 1위를 기록 중이다.

여자부

마거릿 코트

(Margaret Court, 1942~)

호주 출신의 마거릿 코트는 1960년대를 주름잡은 테니스 선수
로, 1970년에 모든 그랜드 슬램에서 우승하며 '캘린더 이어 그
랜드 슬램'을 달성했다. 열한 번의 호주 오픈 우승을 포함해 스물
네 번의 그랜드 슬램 우승을 차지했다.

빌리 진 킹
(Billie Jean King, 1943~)

열두 번의 그랜드 슬램 단식 우승과 스물일곱 번의 복식 우승을
이뤄 낸 전설적인 선수다. 남녀 상금 격차에 대해 항의하며 여성
테니스협회WTA를 설립했고, 1973년 전 프로 테니스 선수 바비
릭스와 성 대결을 펼쳐 승리를 거뒀다. 그녀의 노력으로 그랜드
슬램에서 남녀 동일 상금이 적용되었고 현재 여자 테니스의 위
상에 큰 영향을 미쳤다.
2017년, 바비 릭스와의 대결을 다룬 영화 〈빌리 진 킹 : 세기의
대결〉이 개봉했다.

슈테피 그라프

(Stefanie Graf, 1969~)

1969년 서독에서 태어난 테니스 여제 슈테피 그라프는 남녀 통틀어 유일무이한 캘린더 골든 슬래머로, 1988년 4대 그랜드 슬램 우승과 서울 올림픽 금메달을 동시에 거머쥐었다. 통산 스물두 번의 그랜드 슬램 우승을 차지했으며, 377주간 세계 랭킹 1위를 유지했다. 1999년 은퇴 후 2001년 미국의 스타 플레이어 앤드리 애거시와 결혼했다.

세레나 윌리엄스
(Serena Williams, 1981~)

언니 비너스 윌리엄스와 함께 1990년대 말부터 세계 여자 테니스를 주름잡은 세레나 윌리엄스는 강력한 파워를 바탕으로 은퇴 전까지 무려 스물세 번의 그랜드 슬램 우승과 4개의 올림픽 금메달(단식 1개, 복식 3개)을 따내며 압도적인 기량을 선보였다.

2017년 호주 오픈에서 언니 비너스 윌리엄스를 이기고 스물세 번째 그랜드 슬램 우승을 이룬 뒤, 출산으로 인한 공백을 가진 그녀는 더 이상의 그랜드 슬램 우승컵을 들어 올리지 못한 채 2022년 US 오픈을 끝으로 은퇴했다.

기승전, 테니스

1판 1쇄 인쇄 2024년 6월 21일
1판 1쇄 발행 2024년 7월 5일

지은이 원리툰
펴낸이 김성구

책임편집 조은아
콘텐츠본부 고혁 김초록 이은주
디자인 이영민
마케팅부 송영우 김지희 김나연 강소희
제작 어찬
관리 안웅기

펴낸곳 (주)샘터사
등록 2001년 10월 15일 제1-2923호
주소 서울시 종로구 창경궁로35길 26 2층 (03076)
전화 1877-8941 | 팩스 02-3672-1873
이메일 book@isamtoh.com | 홈페이지 www.isamtoh.com

ISBN 978-89-464-2276-6 03810

• 값은 뒤표지에 있습니다.
• 잘못 만들어진 책은 구입처에서 교환해 드립니다.

샘터 1% 나눔실천

샘터는 모든 책 인세의 1%를 '샘물통장' 기금으로 조성하여 매년 소외된 이웃에게
기부하고 있습니다. 2023년까지 약 1억 1,200만 원을 기부하였으며, 앞으로도 샘터는
책을 통해 1% 나눔실천을 계속할 것입니다.